有五個姊姊的我
就註定要
單身了啊
5
啞鳴
圖・迷子燒

李家家訓

第一條　弟弟想交女友先和姊姊練習

眾所皆知，我有五個姊姊。

每個姊姊的樣貌和個性無一相同，身為一名專業的弟弟，我有義務去適應所有姊姊。

可是。

我的二姊，李亞玲是一個極度不凡（不正常）的存在。

如果硬要在五個姊姊當中選出我最不能適應的姊姊。

那我連想都不用想，一定是選二姊。

原因嘛……

要說我們感情不好，又不到這種程度，我曾經說過，二姊待我不差，常常送我禮物和帶我出去吃吃喝喝，每次有好東西，她都會想到要給弟弟一份，所以我們之間並沒有任何問題。

不過可能是因為年紀差五歲的緣故，也可能是她常年不在家的緣故，於是我們姊弟在不知不覺中產生很詭異的「疏遠感」，難以捉摸、無法推測，處於很尷尬的狀態。

而且，假使我試圖和她親近，要消除疏遠感，那豈不是反而證明我們很疏遠嗎？

二姊一定和我想的一樣，對於這個問題是心有餘而力不足，乾脆假裝什麼都不知道，模仿鴕鳥的姿態，把頭埋進土裡，一埋就是好幾年。

原本我以為可以永遠不必面對。

但是沒想到，二姊還是把土給挖開了。

就在戀鬥社事件結束、三姊願意走出戶外、四姊和五姊撿回一條命之後，我以為天下太平的時刻——

暑假。

午後。

和諧。

在四姊和五姊鬧出逃避畢業的大戲落幕，學校方面表示震怒，大姊為此掏出不少費用修繕司令臺，還親口跟校長保證絕對不會再發生這種事，希望能給四姊一個改過自新的機會。聖德高中的校長是位好好先生，不顧瘋后和主任的反對，就決定給予四姊留校查看的處分而不是退學。

另一邊五姊就幸運多了，所有的指責都被四姊擋住，雖然她沒如老師所願考進前三志願，讓聖德的榜單少了幾筆畫，不過她平時品學兼優的形象，保護她這次沒有受到太多矚目。

三姊則是心情愉悅，雖然表面上說自己已經畢業還回去讀書很丟臉，不過我看得出來她根本就很高興，積極參與「監弟者聯盟」的行列。

監弟者聯盟，顧名思義就是監督弟弟的姊姊聯盟，我不瞭解上高中之後我的表現明明是全李家最安分的人，卻要莫名其妙的被姊姊們監督，這其中一定有什麼誤會吧？對吧？

比起我來，大姊也很辛苦，還在為三姊、四姊、五姊的學籍問題奔波，畢竟她們想和我同班，並不是一件用錢就能解決的事。唉……要是我有這些問題妹妹，想必也會覺得很累。

「唉……」我再度嘆氣，一想到開學之後，我的人身再無自由可言，就有一點鼻酸。

要升上三年級了，我跟很多女生告白過，但真正認真的只有小夢，雖然已經被鄭重拒絕，不過到畢業之前還有整整一年的時間，我還大有可為啊。真命天女會在什麼時候突然降臨，誰也說不準……說不定在一個轉角處，我們意外地撞在一起，就此擦出天雷勾動地火的烈焰也很有可能啊。

可是，如果三個姊姊跟我同班，那烈焰就只剩下餘燼，風一吹，什麼都沒了。

「唉……」我再再度嘆氣。

「弟迪。」二姊闔上書，狐疑地問：「為什麼一直嘆氣呢？」

「沒事。」除了沒事我還能說啥？

但我的一句沒事，卻吸引其他姊姊的注意力，原本安靜悠閒的讀書茶會儼然破局。

這是三姊提議的，把下午茶和讀書會融合在一起，地點就在她的房間內，由我準備點心茶水，她們看書、我當下人，倒也算是不亦樂乎。

五姊在看外國的翻譯小說，四姊在看少女漫畫，三姊在看哲學相關書籍，二姊在看色情雜誌，我在看上次去地下書店街買的輕小說。原本在寧靜安詳中，我還能反思己身，評估我的高中生涯還有沒有救，卻沒想到多嘆一口氣，就引起無法預期的災難。

因為我是弟弟，我也是人。

人就會抱怨，抱怨就會把隱藏在心中不滿的事說出來，簡稱「攤牌」。

「老實說，我們姊弟雖然感情很好，但實際上我們長大後，會各自組建家庭吧。」

我的話現實到超乎她們的預料之外，沒有人敢接話。

「所以，如果我們都沒和人交往過，那將來在複雜又競爭的感情社會中，豈不是非常吃虧嗎？」喔喔喔，我的口才真好，再頑固的人也會被我說服。

所有姊姊還是沒說話。

於是我繼續說：「趁這個暑假，我們應該走出家門去認識更多的異性，甚至嘗試和不錯的人交往看看。如果遇見對的人，如果對的人又剛好讀聖德高中，那開學後就可以不必跟我同班，立刻開啟一段嶄新的人際關係，抵達人生的新階段。」

等這一大段說完，姊姊們紛紛開口。

「龍龍，大姊說不准呀……」

「她連燒司令臺都能原諒，所以一定也會原諒我的。」

ＯＫ，成功反駁五姊。

「我不要，噁心，亂搞男女關係的人最噁心！」

「妳是在罵爸爸嗎？沒有爸爸和心愛的女生交往，哪會有妳。」

四姊也成功駁回。

「我、我的確……唉，弟弟說得也對。」

三姊自己都交過男朋友了，當然不會反對我。

所以……目前的障礙只剩二姊。

我們交換一個誰也猜不透的眼神，在冷氣徐徐吹送的房間中，她用古井無波的語氣說——

「我認同弟迪說的話，弟迪也是健康的男生，應該要試試和女生交往，以免未來完全無法和女生交際。」

二姊……我感動到眼角溼潤，真不愧是我們家年紀第二大的人，不管是格調和眼界都遠超其他姊姊，出國留學回來就是不一樣，見過世面的姊姊就是不一樣啊！

「我覺得太快了，應該再考慮周延吧。」三姊推推眼鏡，眼眸閃爍精光。

「不可以，二姊不要亂講嘛。」五姊著急地說。

「混蛋蟲弟弟只要跟姊姊交際就夠了！」四姊激烈抗議。

「嗯嗯……」二姊沉穩地點頭，模仿大姊的語氣：「妹妹們說得也有道理。」

風向竟然又轉了？我站起來，表示無法接受，「妳根本是尚書大人啊，風往哪邊吹，人就往哪邊倒！」

她一手托腮、一手拿起果汁喝了口，淡淡地問：「弟迪為什麼這麼想和女生交往呢？」

「只要是高中男生就都和我一樣吧。我有個朋友叫雲逸，是個喜歡偷窺的變態狂，不過自從交女朋友以後，整個人改頭換面，精神得到昇華、身體變得健壯，成為一個真正的男子漢。」雲逸，謝謝你。

「不對……弟弟在說謊。」三姊橫了我一眼，將餅乾吃進嘴裡，「這絕對不是真正的原因。」

「呵呵……」我只能冷笑，太可怕了。

「好吧，就算弟迪說的是真話，那你為什麼也要我們姊妹多去外面認識男生呢？」二姊一針見血。

「呵呵呵……」我笑得跟蠢蛋一樣。

二姊沒繼續逼我，突然端坐起來，銳利的雙眼鎖定我，水潤的嘴唇微啟：「大姊不在，這個家就由我作主，我認為應該要改善弟迪的交友自由。」

「我覺得已經很自由了。」

「三姊，說得對。」

「二姊是笨蛋！」

面對自己妹妹的反對，二姊只是輕笑道：「別急，我也會採納妳們的意見啊。」

「有什麼方法？」我好奇了。

「這個暑假，為期兩個月，弟迪和我成為一對限時的實習戀人吧。」

「「「…………」」」

這個房間內，再無人聲。

獨自坐在書桌旁的二姊，轉過頭去面對併排坐在床邊的妹妹們，正經地說：「這是唯一的方法，第一、不違逆大姊的禁令；第二、符合妳們的希望；第三、滿足弟迪的期待，皆大歡喜。」

皆大歡喜個屁啊啊啊啊！

難道沒人覺得很荒唐嗎？

「我相信妹妹們也捨不得自己弟迪成天唉聲嘆氣吧？」二姊眨眨狡猾的眼睛。

「我無所謂。」三姊寒著一張臉，無抑揚頓挫地說：「反正弟弟一下子就受不了妳了。」

「如果、如果只是實習……」五姊苦著臉，像是被割掉一塊肉，「龍龍喜歡這樣……那、那好吧。」

「我、我……」四姊氣到說不出話來。

二姊驚訝地說：「難道四妹很想代替我？和弟迪交往嗎？」

「誰想跟噁心的糞便蟲交往！臭死我了！」四姊完全中計。

二姊正在邪笑。

「等等，我反對。」自己的意願自己救，我站起來說話。

「反對無效，散會。」二姊直接給我走出房間。

遺留下四位錯愕與不解的弟弟妹妹們。

說真的，暑假才開始第一天，未免也太可怕了吧。

「二姊，我們真的需要好好談談。」

「好的，可是弟迪要先認真地聽我說，等我說完之後，才能夠發表意見。」

在我家樓下的超商內，我和二姊找了張最角落的桌子坐下，面對面，都很嚴肅。外人還以為是一對情侶在談判分手吧，就連店員也似有若無地瞄來，怕我們翻桌吵架。

「請說，我會認真聽。」我喝下半罐榛果奶茶。

二姊的可樂連開都沒開，定睛在我的臉，彷彿打算用意念傳達什麼訊息給我。

「我說，『弟迪和我成為一對限時的實習戀人』，是經過層層思考才說出口的。首先，我們是實習戀人，並不是真正的戀人，沒有違反大姊的命令；再來，弟迪是和我實習，又不是和外面的女生，所以愛吃醋的妹妹們不會反對；最後，我會注意打扮和維持美好的形象，不會讓弟迪丟臉。總結上述幾點，我就是弟迪嘗試和女生交往的最好人選。」

「所有姊姊都不會讓我丟臉，請不要這樣說。」我的手肘撐在桌面，手掌托住下巴，「最重要的問題是，全天下沒有姊弟會成為戀人的。」

「娶自己沒血緣關係的姊姊當妻子的例子太多太多，弟迪可以上網查詢。」二姊不動如山。

「這、這樣太奇怪了……」

「兩個月，我一定會讓弟迪收穫良多的。」

「我怎麼覺得妳在動歪腦筋。」

「竟然被你看穿了，那好吧。」二姊雙手掩面，像是做壞事被我抓到，「鑑於弟迪未滿十八歲，所以我勉為其難地退讓一大步，交往的這兩個月間，性愛禁止，可以了吧？我不能再退了。」

「……」我翻白眼，「二姊，其實問題真的不是在……」

「我都已經百般退讓，為什麼還要拒絕我？明明弟迪就想要學習和異性交往，不是嗎？人家就是一百分的素材呀！」

「不是……」

「我討厭看弟迪唉聲嘆氣的樣子，所以我盡一個姊姊的責任，又有什麼不對？」

「我、先聽我……並不是……」

「明明就很渴望女生，卻在我面前說不要的弟迪最奇怪了！」

「我沒有，真的不是……」

「那弟迪就是嫌我不夠好，比不上小夢對不對？不管我對你付出多少，永遠也比上她對不對？」二姊說完，便趴在桌面上，肩頭不斷起伏。

一時之間，我慌了手腳，尷尬地說：「二姊，別在這哭，很多人在看。」

「弟迪，你知道我單身多久嗎？」二姊悶聲問，我看不見她的臉。

對於這個突如其來的問題，我只能猜測道：「是四年嗎？我記得妳高中時很多人追。」

「錯！是二十三年！」二姊忽然抬起頭，眼眶含淚地說：「我也沒有跟男生交往過啊，所以我們組隊不是剛剛好嗎……」

「所以、所以妳是因為……」我目瞪口呆。

「對，不只是為了弟迪，也是因為我。」二姊揉揉眼睛，對我伸出象徵合作的手。

我彷彿被她感染，不對，應該是被她精神控制了，右手竟然不受指示地慢慢抬起。

「弟迪，我們就交往看看吧，等我們都懂得如何跟異性相處之後，就乾乾淨淨地分手。」二姊的手朝我慢速前進。

等等，我不能被她騙啊，相信二姊是絕對沒有好下場的，小時候一次又一次的經驗，難道沒讓我學乖，已經快要成年的我還是會傻傻上當嗎？會嗎？

「女生都已經說到這種地步了，如果你還拒絕……那一定是因為我小時候常常欺負你的關係，所以你還恨我……」二姊強忍眼淚，垂下了雙眉，一張臉非常愧疚，似乎過去的事還在影響著她。

如果我不答應，是不是就代表我是個很會記恨的弟弟？

等等。

等等。

等等。

我的想法已經被她牽引了啊！

「難道就連短短兩個月的日子，弟迪也不願意跟我在一起嗎……那、那我搬出去住算了，永遠不要回來……」二姊的眼角滾落一滴眼淚，無聲，卻比任何言語強大。

「唉……」嘆這聲，我不知道是為她嘆氣，還是為即將跳進陷阱的我嘆氣，猶如飛蛾撲火。

我伸手向前握住，發現她柔若無骨的手正在輕顫。

要是我不答應的話，二姊一定會很難過吧？

我能體會被拒絕的難堪，像二姊這樣的女生，實在不應該遭受和我一樣的痛苦。

「好吧。」我說，我們緊握的手始終沒有鬆開。

二姊欣慰地說：「弟迪記住，雖然是實習，我依然會對你真心真意，所以、所以我希望就算是演戲也好，你要像男友一樣照顧我。」

「真的要……要這麼逼真？」

「嗯，這樣才有效果呀。」

「我懂了。」

「那從此刻開始，李亞玲和李狂龍正式交往，並且約定在聖德高中開學當天分手。」二姊甜甜地笑，猶如融化的奶油。

我只是無奈地搖搖頭，想苦笑卻笑不出來，如果能花兩個月的時間讓二姊快樂，那就花掉兩個月的時間吧，我沒有什麼損失，這甚至不能算是付出什麼代價。

「好了，雖然我們是男女朋友，但有些規矩還是要先講清楚：一、你的心中只能有我；二、每天要固定時間和我聯絡；三、每個行程都要向我報備；四、外面的女生統統禁止；五、一大早起床就要先想我；六、睡覺前也要想我；七、不准再喝榛果奶茶；八、減少和豬朋狗友聯絡；九、要接我上下班；十、對外宣布我們交往；十一、把所有的密碼告訴我；十二、永遠不准騙我；十三、要每分每秒提醒自己是李亞玲的男人；十四、如果吵架的話，你要先認錯；十五、等我想到再補充。」二姊用驚人的肺活量說完一大串。

而我呈現呆滯的狀態。

她依依不捨地放開我的手，攤平的掌心在我面前晃呀晃。

「手機給我，人家要檢查喔。」

「……」我終於恍然大悟。

原來萬劫不復是這樣的感覺啊。

也許在很多很多年之後，我會後悔今天做出的承諾吧。

「龍龍是個濫好人！」

「弟弟是個亂倫變態蟲！」

「二姊真的是瘋了！」

久違的弟弟批鬥大會在我家廁所舉辦，這次大姊不在，由三姊取代，四姊和五姊都是老班底了，就不必再多著墨。

我坐在馬桶上，面對三位怒火中燒的姊姊，其實我也搞不太懂她們憤慨的原因，二姊和我之間說要成為男女朋友當然是很怪沒錯，可是我真的上網搜尋過，弟弟娶自己沒血緣的姊姊當老婆，並不是什麼罕見的事，更何況我和二姊只不過是實驗，約定在暑假結束時Over。

「各位姊姊請勿動怒，其實二姊就是想玩遊戲而已，妳們別太認真。」我誠懇地說。

「她已經在臉書更改感情狀態了，從單身變成穩定交往中，她才不是玩玩而已。」三姊雙手扠腰，屁股靠在洗手臺邊，「弟弟就是耳根軟，一下子就被騙了。」

「唉，二姊說她單身二十三年，要我幫幫她嘛，而且我覺得，說不定我也能趁這兩個月學到什麼……」

「不准學！」三姊氣到不行。

「龍龍是大家的。」五姊申明立場。

「二姊根本是抄襲我，噁心的臭蟲弟弟當初不答應我，現在就答應二姊！偏心！變態！下流！」四姊怪叫，沒想到引來三姊和五姊懷疑的眼光，她又改口道：「不是、我是說……我是說……二姊、二姊是大笨蛋！」

「我還是大家的弟弟嘛，妳們總要習慣我們長大後會各自組成家庭的事實啊。」我聳聳肩，突然間覺得二姊是在幫我，「而且，關鍵在於兩個月的時間，暑假一下就過了，諸位姊姊們請勿太大驚小怪。」

「……弟弟居然在幫二姊說話。」三姊難以置信地走來揪住坐在馬桶上的我，用力地前後搖動，「醒醒啊，她是不是下了什麼藥，你怎麼會被迷成這樣？」

「三姊……」我一拉揪住我領口的手，讓她順勢往我這邊靠，我溫柔地抱住，臉靠在她的肚子上，「妳就不用擔心我了，二姊個性是怪了點，但絕對不是壞人。」

三姊渾身僵硬，半晌說不出半句話來，應該是被我的真誠給說服了。

「三姊，妳不要被弟弟迷惑啊！」四姊吶喊。

五姊趕緊補充道：「對，不可以在這種時候接觸龍龍，要不然、要不然什麼都由他了。」

「喂，不要把我說得像病毒一樣吧。」我坐在馬桶上抱住三姊，所謂擒妹先擒姊，只要搞定姊姊，妹妹們也只能無條件投降。

三姊雙手壓在我的肩膀，似乎想推開我，但又沒有力氣。她不甘地說：「放、放開我……弟弟好卑鄙……竟然、竟然用這招……」

我用臉頰慢慢磨蹭毫無贅肉的小肚子，淡淡道：「讓弟弟吃點豆腐沒關係吧。」

四姊和五姊大概是知道三姊已經無法抵禦我了，紛紛出手，一人拉開三姊、一人架住我的脖子，居然聯合起來對付我，讓我和三姊徹底分離。

「我們監弟者聯盟絕對不會向你和二姊投降的！」四姊整個人趴在我身上，雙手還勒住我的脖子，一副要對抗外星敵人的模樣。

「今天，妳們反對我和二姊玩一場遊戲……明天，妳們也會反對我和心儀的女人交往。」我站起來，拉著四姊的手臂，往前猛力一甩。

四姊整個人被我抱在懷中，我向在場三位姊姊宣告——

「我身為一位即將滿十八歲的健康弟弟，在此向監弟者聯盟宣戰！」

「誰怕誰啊！」在我懷中溫馴得像隻小貓的四姊率先嗆聲。

「我、我也想跟龍龍……」五姊低聲道。

「五妹，不准背叛監弟者聯盟！」四姊罵自己的雙胞胎妹妹，「弟弟就是被妳寵壞的！」

倒是三姊用狐疑的眼光掃視我全身上下，原本激烈起伏的胸膛已經漸趨平復，恢復到原本冷靜睿智的樣貌，「弟弟，你冷靜聽我說，二姊、二姊她是個……很奇妙的人，這件事絕對不單純。」

「其實。」我剛開口說出兩個字，忽然換了一口氣，放開正在偷捏我肚臍的四姊，坦然地說：「從小到大，我和二姊最不熟，沒有原因、沒有道理，我覺得很奇怪。」

四姊偷偷拉開我的T恤還以為我不知道，但我沒理會她。

倒是三姊認真地聽我說話，眼眸中盡是複雜的神色。

「無論我和二姊有沒有血緣關係，光是想到我和她有莫名的隔閡，就讓我感到莫名的悲哀啊。」我把真正的理由講出來，廁所內只剩輕輕的呼吸聲。

「龍龍……」五姊雙手糾結在胸前。

「再怎麼說，二姊都是我最親密的家人，如果能藉由角色扮演，讓我跟她的感情更好一點，我很願意。」

「弟弟，你別這麼想，二姊是因為……」三姊說到一半，卻被我的手機鈴聲打斷。

我急忙從口袋拿出手機，慎重地按下通話鍵，二姊嗔怒的說話聲立刻竄進我的耳朵中，因為廁所封閉的關係，我猜所有姊姊都聽見了。

「為什麼不來接我？人家在學校門口，好怕怕。」

「現在大白天，妳在怕什麼？」

「不管嘛，人家要你陪。」

「可是我在和姊姊們談事情……」

「姊姊算什麼東西啊？是有比女朋友重要嗎？」

我打了一個冷顫，瞬間感受到三倍濃郁的殺氣，正想阻止二姊再講，但是來不及了。

「我們之間，才不允許其他人打擾，姊姊妹妹什麼的，最最最討厭！」

「……」我低聲道：「我、我現在就出門，妳別講了。」

「好，要快喔，愛你。」二姊甜滋滋地對話筒吻了聲。

我掛掉電話，正經地輕咳，「那我有事要出門，各位姊姊再見。」

「叫二姊自己回家！」五姊抓狂了。

「……」三姊抓狂了。

「姊姊比女朋友重要一萬倍！」四姊抓狂了，然後一口咬在我的右邊奶頭上。

「啊啊啊啊啊啊啊啊啊！」我捧著傷處，差點從馬桶上摔下來。

四姊得意洋洋地斜眼瞪我，舌頭舔舐著牙齒，似乎非常滿意在我的身上留下齒痕，她剛剛掀開我的T恤時，我就應該要小心謹慎才對，她的陰招可謂是防不勝防。

五姊心疼地要去拿藥幫我塗，但是在動作之前，我立刻挪動身姿。

四姊囂張的笑容還掛在臉上，便被我一把抱住。

在不大的浴室內，在三姊和五姊的驚愕當中。

我張開嘴，隔著衣物，一口咬在四姊隆起的右乳上。

四姊的尖叫聲變得軟綿綿，全身發軟，癱在三姊的懷中，整張臉都是緋紅，嘴脣在張合之間，吐出濃濃的熱氣。

這才是以眼還眼、以牙還牙啊。

雖然咬了她一下，但我沒任何歉意——因為兵不厭詐，這是戰爭！

坐在大姊的跑車上，二姊開車，我的額間滑落三條黑線。

就在半個小時前，我辛辛苦苦騎腳踏車，到捷運站搭捷運，好不容易抵達公誠大學……結果二姊開大姊的車載我回家。

我的人生就這樣毫無意義地浪費掉半個小時。

車內的音響播放著黑眼豆豆的「Where Is The Love?」，很重的低音節奏，吟唱著輕快的曲風，二姊用她五音不全的嗓音唱歌，不斷重複用歌詞問：愛在哪裡？

她其實是日本大學的學生，只不過因為她的學校剛好和公誠大學有學術交流，她就充當翻譯一起回到臺灣，聽她說這算是替學校打工，薪水相當不錯，但是不錯歸不錯，她偷開大姊的奧迪Ａ７出門，實在是太囂張了一點，與身分不合啊。

「從今天開始，我每天都要開這輛車上下班。」二姊將音樂的音量調低，「大姊最近要出國工作，這陣子都不會用車，所以借給我了。」

坐在副駕駛的我掃視她一眼，二姊戴著墨鏡，束起墨綠與黑相間的長髮，身上是略顯寬鬆的大格紋開襟襯衫，不知道是故意還是真的太熱，我一上車她就刻意解開兩顆鈕扣，讓乳溝變得很刺眼。唉，更別說她短到只能遮住半個大腿的迷你裙了。

「想走貴婦路線？」我看向車窗外。

「開這種車有個好處，會比較沒有男生騷擾我。」二姊脫下墨鏡。

「騷擾？怎麼回事？」我問。

「弟迪吃醋了？」二姊伸手摸摸我的臉，「控制欲好強喔。」

我撥開她的手，沒好氣道：「別打哈哈，被騷擾是怎麼回事？」

「哎唷，就是很多男生要約我出去吃飯、看電影、泡溫泉啊，有的時候實在是回絕到很煩，所以現在我都說自己已經被富二代包養，這種等級的車就是最佳的證明啊。」

「吃飯、看電影是可以，但是泡溫泉不可以。」我直截了當地說。

「喂，人家是你女友，什麼叫做吃飯、看電影可以！」二姊嗔道。

「二姊高興就好。」我聳聳肩。

「只要再叫我二姊一次，我們馬上去公證結婚。」二姊極其認真，而且方向盤在她手上，「你只能叫我亞玲、親愛的、老婆。」

「還是……還是叫亞玲吧。」我立刻妥協，二姊真要瘋起來，大姊都未必擋得住啊。

我才十七歲，萬一配偶欄上有名字，那我想過個平凡人生的願望就到此為止了。

「喔，對了，剛剛你到學校內找我，不是遇到很多我的同學嗎？」二姊突然想到什麼。

「是啊。」

「我已經告訴他們，包養我的富二代就是你。」

「……」

「他們說你看起來不像有錢公子哥，我解釋說，你是低調奢華。」

「……我就是個高中生而已。」難怪剛剛我感受到無數的敵意。

「所以下次跟我出門，衣服要穿好一點，這樣才像人家的富二代男友啊。」二姊的心情很好，踏著紅色高跟鞋的腳踩下油門，整輛車直線奔馳，速度已經在違規的邊緣，她的黑色耳墜劇烈晃動。

「等等，回家要左轉！」我大喊。

「拜託，你的姊姊們都恨不得將人家生吞活剝，我才不要去你家勒。」

「我家就是妳家啊。」

「人家已經搬到大學的宿舍了喔。」

「……一定要玩得這麼逼真嗎？」

「李亞玲無論做任何事，都很認真啊！」

我猶如被誘拐的幼童，任由既熟悉又陌生的大姊姊將我帶走，但可恨的是她連棒棒糖都沒給我，就用不講理的方式，先把我從家中騙出，然後不讓我回到溫暖的窩。

懶得掙扎了，反正我死豬不怕滾水燙，二姊要去哪都好，我緩緩閉上眼睛，打算調整一個舒適的姿勢睡上一覺。

不過，我還沒睡著，車就停了。

我睜開眼睛，是全然未知的畫面。

附近有些荒涼，沒有多少公共建設，無人居住的荒廢矮房被噴漆塗鴉，巷口有幾位無業的中年男子遊蕩；都是垃圾和報廢家具的空地上，有一位老人正在做資源回收。我很難想像臺北有這種地方，很類似美國影集上演的貧民窟，活生生地移植到我面前。

怪的是，我以前好像來過。

二姊依舊沒有解釋。

直到車駛過一棟四層樓高的老公寓，雖然老舊，但外觀比起周遭還算乾淨，住戶們的陽臺種植不少植栽。我一下車，抬起頭觀察，漸漸的，一股不知從何而來的懷念感滿溢。

我來過這裡嗎？我自問，但自己也沒有答案。

車停在寧靜的小巷邊，附近的治安很差，我還來不及擔心車會不會被偷，二姊已經熟練地用鑰匙打開公寓樓梯的門，一路帶引我走上四樓。

「我來過這裡。」我脫口而出。

「嗯，很小的時候。」二姊再用鑰匙打開鐵門，進到無人的房子中。

沒人居住，裡頭卻一塵不染，我完全記不得以前是誰在此生活，可是看見二姊一派輕鬆，我也放棄回憶，不再追究虛無縹緲的過去。

「我回臺灣之後，有空就會來打掃，算是紀念我媽吧。」二姊一屁股坐在深藍色的沙發上。

我一凜，在李家，母親比父親更禁忌，我們姊弟偶爾會談到爸爸，但是從來不談媽媽。

「二姊……喔不，妳的媽媽呢？」我扔下一個禁忌的問題。

「生病過世了，在我讀國中的時候。」二姊表面很不在意，眼眶卻有些溼潤，「就在這間環境有夠差的爛屋子裡。」

「嗯，抱歉。」我不該問的。

「這是我第一次帶男人回家，你還杵在那幹麼，快過來抱人家啊。」二姊抱怨。

我到處摸索電燈的開關，不過按下去卻沒有電。我繞了屋子整圈，大概知道這裡一廳兩房的規格，至於曾經有多少人住在此，我已經判斷不出來，縱使先前的人留下不少歲月無法抹滅的痕跡。

比如說，門柱上，有紀錄小孩身高的刻痕，原來二姊小六時就有一百五十公分，倒是三姊比她矮了不少。

正當我撫摸著牆面的斑駁，二姊靜悄悄地從後面抱著我，鼻子抵在我的肩，剛好露出一雙大眼。

「為什麼帶我來這？」我握住她環抱我的手。

「不知道，不要問我。」二姊吸了幾口氣。

「好吧。」我一頭霧水。

我們倆就在無人無聲的某棟老舊公寓內，我站，她抱，聽著樓下不良少年的髒話喧囂，遲遲沒有人說話。空氣中的老屋氣味也許不少人討厭，可是對於我和二姊來說都不抗拒，甚至還有一點享受。

難得和二姊親近，我覺得自己沒白來。

「你知道，為什麼大姊會不准你交女朋友嗎？」二姊突然開口。

「不知道。」我老實說。

「是因為她的爸爸是超級無敵大笨蛋，所以她害怕你成為超級無敵小笨蛋，但又不知道怎麼說出口，就乾脆禁止你和異性交往了。」二姊放開我，挪動步伐到我的正面，然後再度黏上來。我能感受到她飽滿的胸部，有點尷尬。

強穩心神，我問道：「爸爸笨又跟我有什麼關係？」

「李家男人的基因就是濫情呀，常常被女生騙。」二姊的一段話透露出不少端倪。

「怎麼被騙的？」我想知道。

「別的女人我不清楚，就說我媽媽好了，年輕時和爸爸交往，但中間因為劈腿被抓包兩人分手；等到生下我和三妹，我們的生父便消失了。媽媽獨自撫養我們姊妹長大，一個人打三份工，身體在不知不覺中病入膏肓，當醫生宣布她時間不多時，她第一個念頭竟然是回去找初戀情人託孤，更可怕的是，竟然還成功了！」二姊用戲謔的口吻說話，可是我知道那段時間她一定很難熬。

「好險爸爸是笨蛋啊，要不然我就少兩個姊姊了。」我淡淡地說。

「三妹果然說得對，你就是靠這招魅惑女生的啊。」二姊竊笑著推開我的胸膛，不知不覺中，她襯衫整排鈕扣統統解開了。

從鎖骨中央劃下一條景致宜人的線直達肚臍，途中除了內衣的前扣外，再也沒有任何阻攔，她挑釁地凝視我，彷彿要證明我不是三妹口中那樣乖巧的弟弟。

「唉……」我嘆口氣，伸手將二姊的鈕扣一顆一顆扣上，遮掩住會令男人癲狂的風光，「別這樣測試我，沒有意義。」

「沒意義，那你幹麼扣起來？」二姊沒放過我。

「怕妳著涼。」

「噗哧……」

二姊終於忍不住哈哈大笑，我也傻傻地笑著。

她邊笑邊牽起我的手，引領到沙發坐下。

我們姊弟兩人並肩依靠，在日光漸漸變黑的空屋內，呼吸著相同的頻率，不知不覺中，我赫然發現和二姊的疏遠感一下子拉近許多，其實她除了豔麗的外表和誇張的行徑之外，與其他姊姊沒有多大的差別。

「欸，人家餓了。」

一個多小時後，二姊說出的第一句話。

「誰叫妳要在沙發上發呆。」我直接吐槽。

「至少，我知道你對胸部沒興趣啊，下次就可以試試用腿或屁股來引誘喔。」

「……我們去吃飯吧。」

「去汽車旅館吃。」

「回家吃。」

「不要嘛……」

「妳連男朋友的話都不聽？」

「好，我們回家。」

二姊低下頭，極其興奮地扣好自己剩下的四個鈕扣，但不知道是太著急還是原本就笨手笨腳，竟然扣錯了三顆。

我都已經站起來拍拍屁股準備走人，最後還是看不下去，單膝跪下，替坐在沙發的四姊重新解開鈕扣然後再一一扣好。

「以後別穿太寬鬆的衣服。」

「是、是用什麼身分說的？」

「男朋友。」

「沒問題，以後不穿了。」

「還有這短到不行的迷你裙也別穿。」

「也是用男朋友的身分嗎？」

「不，是弟弟。」

「那誰甩你啊！我愛穿啥就穿啥。」

「……好吧，是以男朋友的身分要求。」

「那人家不穿了嘛。」

「……」

原來對姊姊而言，某些權力只有男朋友才能行使。

啊，對了，後來二姊在家只穿一套內衣褲吃晚餐，說是我不准她穿襯衫和裙子的關係，害我差點被大姊痛毆……這又是另外一段悲哀的故事了。

美好的假日，對暑假中的學生沒差，但是對大姊而言卻很珍貴。

她一大早就拖著三姊和四姊出門逛街，原本也要帶五姊和我去，可是一向愛當大姊跟班的五姊，卻說自己那個來不想出門，我也連忙說自己的十二指腸不順沒辦法出門，非常順利逃過一劫。

其實陪自己的姊姊們逛街，是身為弟弟應盡的責任之一，要不是今天有其他地方要去，我會應大姊徵召乖乖出門，問題是五姊為什麼不去？不尋常啊。

五姊在餐桌邊看書，挺直了腰，視線飄忽，五分鐘都沒翻過頁，已經超過不尋常的程度，抵達詭異的境界。

我穿好衣服，一看手機的訊息，二姊已經到樓下了。一切準備就緒，我從房間走過餐廳，順勢摸摸五姊的頭髮，算是告訴她我要出門一趟。

然後穿好鞋、關好家門、踏進電梯內，我對著眼前的鏡面說話——

「五姊，妳是碰巧也要出去嗎？」

「……我、我也要跟。」

背後靈似的五姊羞愧地吐出這段話，讓我有點捨不得。

「是二姊要我當她的男伴，去參加同學的婚禮，應該沒什麼好玩的。」
「反正，龍龍去哪，我就去哪。」
「五姊，喜宴是有限定人數的。」
「我、我偶爾想跟一下，不可以嗎？」
我牽起五姊的手，無奈地笑道：「不然一起去問問看二姊吧，說不定她有辦法。」
想當然，二姊不會有其他辦法，當她在車內看見五姊跟在我屁股後頭，立刻就笑了出來。原本想裝出姊姊的崇高模樣，但很快便破功，因為她知道、我也知道，五姊可以說是全李家最頑固的人，一旦認定了，就是至死不渝，誰都拉不住她。
「全天下沒有女生能接受男朋友帶自己姊姊一起約會，還好我是心胸極度開闊的女生。」二姊雙手抱胸，帶著笑意道：「所以我能讓妳跟，不過我們要約法三章。」
五姊有點委屈地點點頭。
「李香玲，妳要當『空氣』。」
「空、空氣？」
「沒錯，我和男朋友到哪裡妳都能跟，但是不能發表任何意見，就跟空氣一樣。」
「……好的。」
我不知道這對姊妹達成這種奇妙的協議，到底有什麼意義，可是我沒有插嘴。
一同坐進車內，二姊立刻就打電話跟朋友道歉，然後把一切責任推在我身上，果然沉默沒用，颱風尾還是會掃到我。

「親愛的，現在我們要去哪呢？」二姊問，五姊嘟起了嘴，顯然很不習慣這個稱謂。

「回家吧。」我真的好想回家。

「難得可以約會，我才不要回家，人家想和你膩在一起～」二姊非常故意。

「不然，我們去唱歌吧。」每當在危機時刻，我都會想到自己的好兄弟雲逸。

因為暑假的關係，雲逸在親戚家開的連鎖KTV打工，所以要包廂隨時都有。而且二姊和五姊之間的氣氛不對勁，我需要兄弟替我分擔痛苦，萬一等等發生什麼慘案，至少有人可以幫忙求救。

二姊舉手叫好，五姊因為成為一團空氣所以不能表達意見；但我透過後照鏡，確認在後座的她正輕輕笑著，表示沒人有異議，車子就往KTV出發。

短短二十分鐘的路程，雲逸已經在門口等我，帶領我們三人進入包廂。

因為十人以下的包廂都被暑假所帶來的學生人潮填滿，於是我們姊弟三人只好使用最大型的包廂，在低溫的冷氣中，黑色的圓弧沙發上，我們雖然肩並肩坐好，但剩餘的空位顯得異常冷清。

雲逸替我們打理好一切，還請我們吃水果和飲料，可是他的臉色慢慢變怪，似乎他天生的動物嗅覺發現不太對，連忙陪笑招呼幾聲，立刻就關上包廂的門遁走。

我的左手邊是五姊。

我的右手邊是二姊。

這原本應該是很美妙的畫面才對，不過我手臂上的雞皮疙瘩是怎麼回事？

ＫＴＶ應該是親人間歡唱聚會的好地方，不過大號的液晶螢幕播放著ＭＶ、喇叭播放著配樂，卻沒有人願意離開沙發去拿麥克風，這又是怎麼回事？

我又不是花錢來參觀停屍間的！

不管三七二十一，我要站起來去拿麥克風，不過二姊的腿馬上跨上我的大腿，誘惑地說：「來ＫＴＶ最主要的原因是無人打擾呀，唱歌才不重要。」

五姊同一時間偷偷拉住我的衣襬，恰好是二姊看不見的角度。

二姊更進一步，拿起桌上的水果，貼心地用叉子餵我吃。

酸甜的鳳梨切片剛移到我的嘴邊。

五姊湊過來，一口吃掉。

「……」二姊望著空空的叉子，皺起雙眉，「不是答應我要當空氣嗎？幹麼偷吃我男友的水果。」

五姊明明嘴巴還在咬，卻裝作什麼都沒發生。

平常最老實乖巧的五姊竟然在耍賤！

這是要天地逆轉了嗎？五姊和所有姊姊的感情都很好，二姊在日本的時候，她每個禮拜都會固定打電話去談天說地，讓我們家的電話費暴增，大姊常常感到無奈啊！

她們之間到底為了什麼變成這樣？

二姊瞇起眼睛，面無表情地用手指戳我的臉。

五姊馬上伸手替我擋住。

二姊不甘示弱，跨坐在我的大腿上，雙手捧著我的臉，嘟起雙唇慢慢往下。

五姊瞬間跪在沙發上，雙手扳開二姊的臉，讓她的脣親在自己額頭。

二姊的手鑽到我的衣服內撫摸，五姊乾脆掀開二姊的百褶裙，好一招圍魏救趙，讓二姊的尖叫聲響徹整個包廂。

我在想，妳們要吵沒關係，但是不要用我的身體當戰場啊啊啊啊啊！

「喂，我只是餵男朋友吃水果，妳大驚小怪幹麼？」二姊滿臉通紅，雙手死死壓在自己的裙襬上，「難道妳沒有餵過嗎？」

「在學校的時候我每天都餵。」五姊一點都沒感到不好意思。

「對啊，那我餵又怎樣？」

「我是很正經的餵，二姊是色迷迷的餵，不一樣！」

其實我真的覺得都一樣，妳們都不該餵食即將滿十八歲的弟弟啊！

被說成痴漢一般的二姊顯然很氣惱，一手拉開五姊斜肩的針織上衣，引起一聲羞怯的尖叫。五姊也氣不過出手反擊，去拉二姊的圓領背心，領口瞬間低到露出上半部酥胸。

二姊一手遮住曝光位置、一手竄進五姊的及膝裙中偷拉內褲的綁帶。

這一擊，讓勝負底定。五姊應該是穿兩側綁帶的內褲，經過這樣一拉，基本上快等於沒穿了，她應該慶幸目前是跪姿，萬一是站姿，地上恐怕會出現一條內褲。

兩個姊姊滿臉通紅，一個護著自己胸口、一個雙手按在雙腿之中。

「女生打架不都是扯頭髮和打巴掌嗎？妳們怎麼是脫對方衣服啊？」我架在她們中間，阻止她們互相攻擊，但內心充滿困惑。

「廢話，無論如何，都不能弄痛自己妹妹！」

「二姊要是受傷，我會難過啊！」

這對姊妹幾乎是同一時間告訴我答案，而且振振有詞，用眼神斥責我，這基本道理為什麼還要問，卻沒看見自己衣衫不整的糗樣。

此時，好死不死，雲逸轉開了門把。

「狂龍，我有急事找你。」

「等等啊！」

我大聲喝止剛推開一點縫隙的雲逸，俐落地一個移位，用身體遮住二姊和五姊。

「給我三分鐘。」

「喔喔……」

我確認雲逸重新關上門，趕緊轉身看向姊姊們，比起剛剛她們暴露的模樣，現在卻像害羞的少女，連被外人看見一點內衣都不行，急忙整理身上凌亂的衣物。

「龍龍……快幫我……」五姊更是急到眼眶含淚。

我即刻救援，單膝跪在她身前，雙手摸進裙子裡面，沿著大腿根部往上搜索，終於被我摸到一邊已經脫落的內褲。我依靠多年來的訓練，在不掀開裙襬的情況下，盲眼綁好被扯開的綁帶。

我以後會成為一個無所不能的男友吧，我驕傲地想。

度過兵荒馬亂的三分鐘，當我親自打開包廂門時，二姊和五姊已經恢復正常，兩人過度端正地坐正。

「急事啊，怎麼現在才開門。」雲逸抱怨，看來真的很急。

「剛剛我在大便啊。」我用大便遮掩。

「隨便啦。」雲逸走進包廂，神祕兮兮地拿出手機，「你知道臉書上某個聖德粉絲團嗎？」

「不知道，我很少用。」我老實講。

「有一個學生會辦的『告白聖德』，有聽說過嗎？」雲逸越講越神祕。

「現充們的玩意，我連按讚都不願意。」

「可是有人匿名對你告白啊。」

「上面都是一些人氣很好的傢伙們在互捧，告白還需要匿名喔？我告白狂魔都是面對面、臉對臉，哪像這群……咦？」我的傲骨突然軟化，因為我好像搞錯了什麼……

「是對你告白啊！你給我醒醒！」雲逸彷彿在見證什麼奇蹟，異常激動。

「我、我嗎？」

難道宇宙主宰真的顯靈？

第二條　我們李家三千年內不准有弟媳

就算你有五個姊姊，也希望你多看看我……
只敢默默喜歡你的學妹敬上

「就這樣？」我茫然地將手機還給雲逸。

身後的二姊和五姊一臉嚴肅，彷彿自己的腎臟被偷割掉。

包廂內點的歌曲已經全數播完，螢幕正在播放KTV的廣告沒半點聲音，周遭靜得可怕，連雲逸都察覺到不對勁，艱難地吞下口水，然後對我解釋。

「整個聖德高中只有你有五個姊姊啊。」

「連名字都沒有，算什麼告白？說不定根本就搞錯人了。」

「『告白聖德』這個粉絲團的有趣之處，就是匿名啊，透過管理員篩選，最後用刪去本名的方式貼在粉絲團上，至於有沒有人因此成功交往就不知道了。」雲逸詳細地說：「就我所知，告白聖德的管理員是學生會的人，因為這個粉絲團是司徒正熙會長的政見之一，另外還有兩個粉絲團是『靠北聖德』、『生活聖德』，受到很多學生歡迎欸。」

「你解釋這麼多，我還是不太懂……」我好像有點笨。

「我的意思是，告白聖德的貼文是經過學生會認可的，不是隨便一個假帳號就能惡作劇的啊。」拿出學生會的名號，雲逸所說的話多出幾分真實性。

「所以真的有人對我告白？」很離奇，身為告白狂魔的我，在校園內早就人格破產了，這幸運來得讓我狐疑。

「我覺得有九成的可信度，難道你沒讀過〈雅量〉嗎？綠底白格的布都能看成綠豆糕了，如果是視力受損的同學把你看成是金城武，也有可能啊。」雲逸好認真地說：「我是替你高興。」

「雖然不知道為何我有點火大，但還是謝謝你。」我拍拍他的肩，非常非常大力，「但還是過陣子再看看，畢竟匿名的訊息沒有真實度。」

「不對。」一直在我身後沒說話的二姊忽然插嘴，語氣森然道：「這是在向我挑釁，赤裸裸的挑釁。」

「沒錯，果然四姊說得對，學妹是全世界最危險的人！」五姊凝重，彷彿在參加弟弟的告別式。

二姊認真地說：「我們是該討論轉學的問題了，暑期輔導就要開始，我不放心。」

「……」是有這麼嚴重嗎？

「是新入學的高一學妹還是高二的學妹……這一定要查清楚，身為高中生應該要認真的讀書啊……告、告什麼白嘛。」五姊自言自語。

「……」八科零分不幸留級的妳，真的有資格說這種話嗎？

「等等，各位，告白聖德又更新了。」已經把我害到快轉學的雲逸大聲嚷嚷，「而且又是她，這位神祕的『學妹』喔。」

原本我是想假裝嗤之以鼻的模樣，可是被人告白的經驗實在太難得，不管是真是假，好奇心都驅使我湊近去看。

第一次見到學長，是在運動會八百公尺的比賽上，學長帥氣的臉龐讓我難以忘懷，就算沒有贏得冠軍，可是學長努力奔跑的模樣，在我心中早就是第一了。

懷疑自己是不是一見鍾情的學妹敬上

沒想到是真的！連我跑八百公尺的事都知道，一定是某位可愛的聖德學妹啊，是現在高二的學生嗎？不，不一定，運動會當天有很多校外的人進來，所以也很有可能是當時國三而今年升高一的小學妹！

我飄飄然地瞇起雙眼。

「把你的口水擦一擦！」二姊捏起我的耳朵，「在女朋友面前，竟敢表現出很爽的模樣！」

五姊急得跺腳，慌張道：「出、出大事了！我要趕緊回家告訴三姊和四姊。」

經過十七年的訓練，我耳朵的抗性早就點滿，讓我能滿不在乎地說：「看來這陣子我應該要好好打扮自己……啊啊啊啊啊啊啊啊！」

二姊用鞋跟踩我的腳掌。

雲逸以同情的神情說：「要我幫你探出學妹是誰嗎？」

「不要出餿主意嘛……」五姊不滿。

「這位同學，你想被踩嗎？」二姊不悅。

「是的，對不起。」雲逸低頭認錯，後退幾步，準備要逃。

「雲逸，等我，我們再詳細談談。」我要跟著他出去。

可是二姊和五姊彷彿被T病毒感染，像活屍般，一人抱住我的大腿、一人勒著我的脖子將我往包廂內拖，離大門越來越遠、離光亮越來越遠……雲逸不捨地對我揮揮手，象徵與我訣別。

他的嘴中喃喃說了一句話，我聽不太清楚。

但是在幾年後，當我突然想起問他。

才知道他說的是——

「狂龍啊，再這樣下去，你一定會後悔。」

暑假，我突然變得好忙。

一個禮拜七天，禮拜一，四姊找我幫忙修繕清潔魔術道具；禮拜二，二姊找我去看二輪電影，一看看四片；禮拜三，三姊約我出門逛世貿的家具展；禮拜四，五姊要我一起大掃除；禮拜五，大姊聘請我替她整理出國的日常用品，看似簡單但很瑣碎，裝滿整整三大箱，用掉整個下午；禮拜六，三姊和四姊逼我一起去大賣場；禮拜天，我已經躲在床底不願意出門，但還是被大姊拖去貓空爬山。

我不知道她們是不是有什麼要把我操死之類的計畫，但是暑期輔導已經快要開始，我的暑假所剩不多了。

所以，今天，我絕對不要出門。

我用腳踏車鎖將腳踝和床綁在一起。

沒有人可以阻止我，鑰匙已經被我藏在最隱密的地方。

終於能安心躺在床上看漫畫……感受著這份得來不易的休閒和愜意。

「龍龍，陪我去買衣服吧。」首先登場的是五姊。

我彎起嘴角冷笑道：「衣服那麼多，不用再買了吧。」

「可是……」五姊拉開自己的領口，低下頭確認，「內衣已經有點、有點緊了……」

「買內衣應該要找其他姊姊陪妳。」

「她們不知道龍龍喜歡什麼款式的啊……」

「什麼款式我都喜歡。」

「我想當場穿給你看。」

「我不想看。」

「龍龍是笨蛋！」五姊賭氣地跑出房間。

一強敵已滅，我繼續翻閱手中的漫畫，慶祝世界和平。

沒有多久，三姊靜靜地站在我身邊，有如鬼魅般的身影讓我嚇一大跳，尤其是在天氣陰暗的下午。

「三姊，妳想幹麼？」面對她，我要特別警戒。

「弟弟……趁外面沒有太陽陪我出去走走吧。」三姊的臉和天氣一樣陰沉。

「今天真的不想出門了，萬一等等下雨，妳著涼了怎麼辦？」我關心地說。

「我想跟你談談……開學之後的事。」

「在這裡就能談了啊。」

「因為我沒有朋友，難道連弟弟都不聽我說話了嗎？」三姊雙手掩面，好失落的樣子。

「雖然我不知道我們在房間談和出去談有什麼差別，不過我是妳的朋友，這完全不用懷疑。」我用很怪異的姿勢坐起，因為我的腳被鎖在床尾。

三姊蹲在床邊，悶聲道：「萬一開學，弟弟就跟那個學妹在一起，那、那就沒時間陪我了，你一定會忘記現在的承諾……」

「其實那個學妹是人是鬼都無法確定，妳真的不要聽五姊亂講。」我無奈地搖頭。

三姊醞釀了一會，終於還是傷心地哭泣，她委屈地道：「你不願意跟我出去逛逛，是因為你要躲在房間刷新該死的告白聖德……嗚嗚嗚……身為你姊姊，我還沒一個臉書粉絲團重要……這、這太讓我傷心了……嗚嗚嗚……」

「我是真的想看漫畫，享受暑假而已。」我拍拍三姊的後背安撫。

「嗚嗚嗚……跟我出去……我不要你整天都在想學妹……嗚嗚嗚……」三姊還是在哭。

我的手慢慢往她的身側摸進去，目標就是三姊的胸部，果不其然，她尖叫一聲，推開我的手，臉上只有生氣，完全沒半滴眼淚。

「妳真的以為我聽不出姊姊的哭聲嗎？」我躺回床鋪，繼續翻閱漫畫。

「聽到女生哭，你都不會妥協，弟弟好冷血！」三姊因為拉下臉來用苦肉計，沒想到卻被我拆穿，開始惱羞成怒。

「姊姊和女生是不一樣的東西。」我懶懶地揮手。

三姊氣呼呼地走出房間，這又是一場象徵弟弟公平正義的勝利。面對接下來的考驗，我也沒有任何怯意，畢竟三姊已滅，其餘姊姊何足掛齒？

今天就算大姊用蠻力都無法讓我出門，縱使是最親近的姊姊們也不能用掉弟弟全部的暑假。

四姊在我得意洋洋之際衝進房間內，手上拿著電鑽和美工刀，一副就是要砍斷我的小腿也在所不惜的模樣。

我輕笑道：「妳知道我等多久了嗎？親愛的四姊。」

「那還不乖乖跟我出門，蠢蟲弟弟難道不怕死？」

「等一等，讓我準備一會。」

「哼哼，好吧，我就給你五分鐘。」

噗嘶～～～

一聲響屁從我的排泄器官噴發而出。

對，是我放的屁。

「噁心死了！」四姊扔下電鑽和美工刀，滿臉厭惡，彷彿自己的身心靈皆被我侵犯，「永遠不要靠近我！臭屁蟲!!」

看著她棄甲而逃的窘樣，我輕蔑地搖搖頭，全家我最不擔心的就是四姊了，一屁便灰飛湮滅，何苦自己上門送死？

什麼狗屁監弟者聯盟終於全數潰敗，我終於能無憂無慮地享受專屬於自己的時光，看三位姊姊在房門外竊竊私語。

其實我知道她們為什麼拚死都要讓我很忙，是因為那位匿名的學妹。

她們認為我很單純，會被外面的女人騙財騙色，墮入粉紅色的陷阱中不可自拔；所以才聯合起來，要轉移我的注意力，以免我和匿名的學妹聯絡，最後落得人財兩失的下場。

雖然我在她們面前表現出一副「呵呵，我也是有行情的男人了」，但其實在我追過小夢之後，就認知到一件殘酷的事實——連善良的小夢都不願意和我交往，其他女生會喜歡上我簡直是天方夜譚。不過，在姊姊們面前，我還是要擺出驕傲的模樣。

因為她們苦惱的樣子還滿可愛的。

至於我的陰謀能得逞，最主要的原因還是她們把我當成尚未長大的弟弟吧。

二姊此時敲敲我的房門，嗯，我完全不意外。

「別嘗試了，我連腳都鎖住，是絕對不會離開床的。」我先聲明。

「人家知道啊，今天就在床上約會，也不是壞事。」二姊將門鎖上，我怎麼有一股不妙的預感襲來。

「親愛的在看什麼漫畫呢？我們一起看吧。」

「……床底還有很多本。」我警惕地看著她。

「不要，我就想和你一起看。」二姊爬上床，鑽進我的懷裡，「偶爾享受兩人世界也不錯呀。」

我大概知道二姊的盤算了，但是我不動聲色，嘴巴輕誦漫畫內的角色臺詞，把所有注意力全部匯集在手中之物上，對……不要理她，絕對不能有任何反應，就算二姊正在舔舐我的耳朵也一樣。

要是我抵抗，就代表有效，也代表我輸了。

「我最喜歡你乖乖任我擺布的模樣。」二姊在我耳邊妖媚地說：「你就是愛我這樣玩弄你對不對？」

「其實外面可能會下雨，我們、我們在家也不錯……」我強行穩定自己抖動的音調。

二姊慢慢往下，親吻我的頸邊，溼溼黏黏的觸感，讓我已有些失神。

「你就是個M吧，喜歡把自己綁起來。」

「……我們就靜靜地看漫畫吧。」

「不要，我比較想玩你。」

「放、放過我。」

「明明就很享受的模樣。」

「二姊啊啊啊！」

我奮力壓制她，像是跑完兩千公尺般劇烈喘氣。二姊和其他姊姊都不一樣，她舉手投足間有一種魔力，會讓我忘記她是我姊姊這件事，這太可怕了、太不正常了。尤其她現在被我壓在身體下，雙眼還緊緊閉上，一副隨便我怎樣都可以的表情，更讓我連滾帶爬地縮到床鋪一角。

二姊撥了撥凌亂的髮絲，朝我擺出勝利的笑容，然後弓起身子，猶如貓一般，漸漸靠近我。

濃濃的危險化為某種味道，我已經嗅到，觸動生物天生保護自己的神經。我往後退，我不斷往後退，退到背緊貼於牆，正準備要棄床逃命之際……

赫然發現，因為我的腳被鎖在床尾，所以無處可逃。

「我投降了，妳要去哪都好，我統統都答應！」我雙手高舉，認輸。

「親愛的，我想帶你去給我的好朋友瞧瞧。」二姊對我比出一個ＹＡ。

好朋友？

原本我還在考慮，如果是唷學姊的話，就算打斷自己雙腿也不去。

不過到達咖啡廳後一看，還好是個活人，我心裡才鬆一口氣。

走復古風的裝潢，音響播放輕快的鋼琴配樂，老闆和服務生都是走氣質路線，還好我在這沒見到唷學姊，要不然當場尖叫就太失禮了，畢竟這裡連客人都是輕聲細語啊。

透過二姊介紹，我才知道原來眼前的女生是她高中時期的同班同學，是大我幾屆的聖德學姊，目前在臺灣讀研究所。外表相當嫻淑，一看就是善良的大姊姊，讓我備感親切，不至於太過尷尬。

「妳不是說過，我要是交男朋友的話，要帶來給妳看看嗎？」二姊一說，我直接傻住，「就是他，比我小五歲，還在讀高中。」

善良的大姊姊也是目瞪口呆，茫然地說：「李亞玲……妳真的搞姊弟戀，我以為妳是說說而已。」

「年輕的男生比較好，我才能照顧啊。」

「這是誤會，我是她的……」

解釋到一半，二姊已經拉我就座，我什麼都來不及說，話題已經跳到我再解釋會變得很突兀的情況。我呆坐在自己的位子上，這張四人座的方桌還少一人，難道還有人會來嗎？

二姊和自己同學聊著大學內的一些瑣事，我沒讀過大學，所以完全有聽沒有懂，只好閉上嘴乖乖喝自己的拿鐵。

我拿起杯子，輕輕地啜了口，卻不小心一咳，很丟臉地噴出幾滴。

不是因為嗆到，而是因為二姊正在撫摸我的大腿，利用桌子的死角，對面的善良姊姊完全沒有看到，還溫柔地抽幾張面紙給我擦嘴。

「哎呀，真是不小心。」罪魁禍首搶走面紙，裝模作樣地替我擦。

「欸，別在我面前放閃啊，妳難道不知道我空窗半年多了嗎？」善良的姊姊有些氣惱。

接下來，越來越難熬。原本我還能安穩地發呆，沒想到二姊的魔爪不斷輕刮我的大腿，甚至是大腿內側，而且我還得裝成什麼都沒發生的樣子，不能出聲喝止，也不能出手阻止。

「抱歉、抱歉，姊，我遲到了～」

一聲抱歉，終於讓二姊收回魔爪，我們三人同時轉頭，來的人是一位個子很嬌小的女生，綁著可愛的蜈蚣辮，笑的時候還有甜美的梨渦……等等，甜美的梨渦？

「妳是阿紐？」沒錯，學生會的副會長阿紐，我們上次見過面。

阿紐也嚇一大跳，連忙對我招呼道：「好久不見，狂龍同學。」

「你們認識？」二姊詫異地問。

善良的姊姊讓阿紐坐在身邊的空位，和藹地笑道：「這是我妹妹阿紐，我找她來，是因為家母打算讓她高中畢業後去日本留學，所以希望能當面和妳聊聊。」

「今年畢業的話已經來不及了。」二姊搔搔自己的臉。

「她今年剛升高三。」

「那不是和我弟迪……不，和我男友一樣？」

阿紐立刻用很弔詭的眼神看我，害我不好意思地垂下頭。

在我尷尬之餘，氣氛卻變得更加融洽，不得不說阿紐是個很大方的女孩，一下子就能跟二姊有說有笑。倒是我顯得格格不入，原本我認為自己能夠輕易融入，但事實上我不能，就算經過五個姊姊多年的洗禮還是不能。

她們說說笑笑地喝完咖啡，二姊和阿紐的姊姊先去結帳，看起來是要轉移陣地準備續攤了。

在臺北的街頭，久違的老朋友在前面走，完全把自己的弟弟和妹妹扔在腦後。

我和阿紐並肩走著，車水馬龍的路有幾分危險，我打起十二萬分的精神，就怕二姊逛得太入迷不小心發生意外。

「你最近在學生會裡可是大紅人欸。」阿紐笑盈盈地說。

「為什麼？」我還在注意來車。

「咦？難道你沒看告白聖德的粉絲團嗎？我們最近要舉辦活動欸。」

「喔，妳是說對我告白的匿名學妹，等等……還有什麼活動？」

「這是正熙會長的重要政策，她認為高中生不能變成書呆子，人際關係的進展也非常重要，所以跟校方據理力爭，終於獲准透過告白聖德舉辦『巧克力傳情』的活動……哎呀，一不小心就變成政令宣導了，狂龍抱歉，這是我的職業病。」阿紐吐吐小舌頭。

「沒關係，我很有興趣聽。」比起在咖啡廳內我完全無法插嘴，聽聽聖德的事還比較有意思。

「告白聖德這個粉絲團，主要的功能是讓同學們可以透過匿名的保護，向自己心儀的對象傾訴，不過呢……一直匿名下去也不會有進展，所以我們學生會決定透過巧克力傳情的活動，替同學送金莎巧克力給心儀對象，如果對方願意更進一步認識，我們就會把聯絡方式和白巧克力送到同學手上，要是對方不願意，那就只能送苦澀的黑巧克力了……」

「有趣、很棒，如果學生會早點舉辦，我就不必當告白狂魔到處亂搞了。」我搔搔自己的頭髮。

「狂龍有要送巧克力的人嗎？」

面對阿紐的問題，我稍稍一愣，旋即苦笑著搖頭。

「說不定會有很多人送給你喔。」

「哈哈……是嗎？」

「我說啦，你可是學生會的紅人欸。」

「是惡名昭彰的關係嗎？」

「不，是正熙會長在卸任之前，把你跟她之間發生的事情告訴我們了。」

「……那只是小事，她真的不用太在意。」

「狂龍一向是這麼溫柔嗎？」

「怎麼說？」

「其實我也不是沒跟男生約會過。」阿紐掩嘴輕笑，漾起的梨渦真的非常可愛，「每次和男生一起逛街，他們總是會故意靠得很近，名義上是要照顧女生安全，不過實際上總覺得是想吃豆腐。」

我停下腳步，檢討自己是不是離她太近。

「可是狂龍，你卻自然而然走在馬路外側，讓女生自然而然離馬路遠些，不夠細心的女生還感受不到你的好意呢。」

嗯？我不是很懂，男生走在外側不是常識嗎？如果有機車衝過來，要閃躲也比較容易呀，要是讓女生走在外側，萬一有個意外，我再伸手去拉，豈不是慢了好幾拍。

我跟任何一位姊姊出門都是這樣的啊。

「謝、謝謝稱讚。」我有點心虛。

阿紐玩著自己的辮子，倩笑道：「剛剛過馬路也是，人行綠燈的秒數已經不多，但你還是刻意殿後，讓我安心地先走。」

「這些真的都是小事而已，妳想太多了。」面對過度讚美，我再不講清楚，會真的想挖地洞鑽進去。

「偷偷告訴你，我很羨慕正熙會長，不管是她的能力或是她跟你之間……唉唉，不說了，再講下去，正熙會長會殺掉我，呵呵……」

「正熙是很棒的學生會長，雖然畢業了，但還是影響很多人。」

「沒錯、沒錯，我身為她的副手，一定會傳承她的精神。」講到學生會，阿紐的雙眼放出精光，「狂龍，開學的會長選舉，請務必要投我一票喔。」

「妳居然在拉票，哈哈……」她當真純粹得令人欣賞，有正熙會長的影子。

「別嘲笑我，這次選舉很激烈呀。」

「放心，我一定投妳。」我打趣地說：「所以等等妳就可以請我吃晚餐了。」

「不行、不行，這是買票！」

「哈哈哈。」我又笑了。

「不過，等開學後，我們以朋友的身分吃個中餐，應該是沒問題的。」

「一言為定，我要最高級的雞腿便當。」

「好吧，如果、如果真的選上的話……」阿紐一副肉痛的樣子。

在臺北的某個街頭，在兩個姊姊身後，有弟弟和妹妹相視而笑。

遇見一個能夠一起聊姊姊經的人，似乎很不錯。

好想去上學，好想看見學長。

暑假的日子，格外的難熬。

我甚至已經在想像和五個大姑一起生活的模樣了。

漸漸不像自己的學妹敬上

「大、姑、個、雕啊啊啊啊啊啊！」

二姊仰天怒吼，然後氣沖沖出門。

我不懂姊姊們為什麼反應如此激烈。

除了奪門而出外，二姊還差點折斷自己的手機不說，三姊整張臉像是經過負五十度低溫冷藏，四姊一直踢熊貓吉，五姊沮喪得連熊貓吉被踢都不在乎，有如世界末日什麼都無所謂了。

她們現在已經比我還關注告白聖德的粉絲團，我都是看見她們爆粗口或是有異常反應，才會打開電腦上去看看。

老實說，這個告白和往常的告白沒有啥不同，可是姊姊們卻更加憤怒，紛紛表示要開啟久違的弟弟批鬥大會。整個家的氣氛漸漸肅殺，身為最弱勢的弟弟，我能躲則躲、能逃則逃。

家好大，卻沒有我容身之處。我決定先躲在大姊的棉被內暫避風頭，雖然大姊因為跨國合作案要去美國一陣子，可是這棉被依然有其餘威，跟宮廟裡的護身符效果差不多。

「弟弟在這，別想躲！你的臭味我一下子就聞出來了！」四姊推開主臥室的門，進來，再把門鎖上。

「妳是狗嗎？最好是聞得到。」我掀開棉被吐槽。

四姊摸摸自己一貫翹起的短毛，一臉要給我好看的表情。她扯開棉被，雙腳跨站在床上，身上居家的棉衣棉褲都沾染著凝重的氣息。

「你最近太囂張了，身為你的姊姊，我要好好教訓你。」四姊居高臨下，氣勢凌人。

我躺在床上只能瞻仰她的怒容和小棉褲的褲底。

「那什麼淫亂的告白聖德，竟然不顧我的存在，想偷竊我的弟弟，而你！還得意洋洋。」四姊抬腳踩在我的胸口左右扭動。

「其實粉絲團的立意很棒，匿名的學妹和告白聖德也沒關係吧？」

「他們是共犯結構、是學生會的陰謀。那天生日派對正熙來參加，我就覺得很奇怪，弟弟果然跟她有一腿！」四姊氣到用腳趾夾我肚子的贅肉。

「誣賴我就算了，別牽扯到學生會啊。」

「聽說開學時還有個巧克力傳情的活動，你一定是想趁這個機會，正大光明地和天殺的學妹交往對不對？別傻了！我身為監弟者聯盟的一員，是絕對不會讓陰謀得逞！」四姊越說越激動，腳也越說越往下，已經到我的大腿附近。

「放心吧，沒有人會送我，四姊妳可以收腳了嗎？」

「你已經在期待滿桌巧克力的模樣了吧？甚至在妄想將來和學妹結婚的幸福生活是不是？」

「……絕對沒有。」

「我不相信！」四姊終於收回腳，但是一屁股坐在我的腰上脫我的衣服。

「妳、妳別亂來啊！」被脫掉上衣的我想逃，卻怕她摔下床。

「反正血緣的鑑定報告快出來了，我們一定不是姊弟關係，就算做了什麼事，也、也絕對沒有問題。」四姊下定決心，雙眉緊緊擠在一塊，臉頰泛起紅暈，咬著自己的下唇，這是她不顧一切要蠻幹的表情。

果然，下一秒，她就脫掉自己的貼身棉衣了，裡面什麼都沒有，赤裸裸。

「四姊，先別激動，讓我們冷靜的聊聊天，不要被幾則匿名的告白影響啊。」我拿起她的衣服要替她穿上，可是她往下一趴，和我抱在一塊。

「要是我再沉默……弟弟一定會被搶走的……」四姊低聲呢喃。

我無法動彈，是精神上，而不是身體上。

雖然四姊總是喜歡辱罵我，甚至喜歡折磨我；但是她也很依賴我，儘管依賴的方式有些偏離常軌。

我輕撫她光滑的背，彷彿在哄年幼的妹妹。

「如果你……如果你還是沒任何動作……那、那只好我自己來……」四姊不知所云當中。

「什麼動作？」我像白痴一樣問。

四姊沒有回答，只是抬高自己的屁股挪出一點空間，然後伸手去脫我的短褲。

此刻不管我有多蠢，我都知道她想幹麼了。

「等等等等，四姊，等等，我們是姊弟，是法律認證的啊！」

「我才不管！」

「三姊和五姊都在家，絕對不能這樣。」

「她們會認同我的……一定會的……」

「怎、怎麼可能？」

「因為我們是『姦弟者』聯盟啊。」

「……妳的姦，該不會是有三個女的姦吧？」

「當然是！」

「絕對不是！」

我拉上褲子，一個翻身讓四姊倒在床鋪，用大姊的棉被將她整個捆起來，再用整齊排列在衣櫃上的皮帶將她綁好。四姊整個人就像一根大亨堡，除了滾動之外，再也沒辦法動作。

「放、放開我！我是姊姊，弟弟不准綁我！」

「四姊，我有話要告訴妳。」

「我不聽，你把我解開！快點！」

不管她如何催促，我還是淡然地坐在她旁邊，輕輕梳理她的髮絲，柔軟的櫻桃色從我的指縫間不斷流過。

「四姊啊，其實妳真的不要因為虛無縹緲的幾則網路訊息，就讓自己胡思亂想。」

我語重心長地說。

「……我只是、我只是未雨綢繆而已。」

「界定我們之間的關係，絕對不是血緣，而是從小一起長大，整整十年以上的情感啊。」

「我、我……我還是會擔心……」

「不用擔心，就算臺灣沉沒、外星人來襲、殭屍病毒散播，我永遠都是妳弟弟。」

「我怎麼……聽起來有點高興，但、但又有點生氣。」

「就說妳別胡思亂想，妳看看，又犯了。」

「我還是得做些什麼才行……我不能、不能眼睜睜看你被……」

「我喜歡妳原本的模樣，我討厭妳為任何人改變。」

「……是真的嗎？」

「當然，神經常常沒拴緊，偶爾精明、偶爾笨拙，想高高在上，卻又不小心摔倒的李金玲，才是我最喜歡的四姊啊。」

「你的手過來，我要咬你！」

我捏捏四姊的嘴唇，希望她搞清楚自己的狀況，可是一見她鼓起雙頰，我又不忍心捏太大力，最後只是用指腹柔柔地滑過。在大姊的床鋪上，我們姊弟互相凝視，一切盡在不言中。

「龍龍在嗎？」五姊突然敲門。

「喔，我和四姊都在。」我沒解開皮帶就直接去開門。

五姊一進來就看見像關東煮的四姊，但她沒有責備我，只是面露苦色地說：「外面有人找龍龍。」

「是誰啊？」雲逸嗎？不過五姊這欲言又止的表情是怎麼回事？

「是一個很可愛的女生……說、說要找你談談。」

「可愛的女生？」

「對啦，個子小小的，很可愛很可愛的女生！」五姊突然鬧脾氣。

「喔，我去看看就知道。」

我一離開大姊的臥室，就立刻聽見四姊在大喊「弟弟是騙子！」、「弟弟在說謊！」、「弟弟又再找女人了！」可謂聲聲淒厲，讓聞者動容。

不過我是她弟弟，早就聽膩她的瘋言瘋語。

大概是腦部的某條神經又出錯了吧。

唉……

個子小小又很可愛的女生，果然是阿紐。

阿紐表面上是想跟二姊道謝，感謝前幾天從二姊那得到的留學建議，但其實是找我拜票，希望我能助她一把，順利坐上學生會會長的寶座。

在我和五姊的房間內，我和阿紐席地而坐。好險有鋪上熊貓地毯，要不然她精心打扮的拜票服裝可能會髒掉，那我就有莫大的罪孽。

競選是看候選人的誠意是否能打動選民的比賽。先不論我原本就要投給她了，現在光是她一身可愛的哥德式女僕裝，號稱要為每位同學服務的精神，就足以讓我感受到滿分的誠意。

其實她找我拜票很沒意義，只要在聖德內宣揚她的女僕精神，高票當選有如探囊取物。

我喝著五姊特調的加醋紅茶，鼻子發酸地說：「妳可以去其他地方開拓票源了，我這票是妳的。」

「難得我花時間打扮，這麼快就趕我走喔，可別忘記你家還有其他兩票。」阿紐喝著半糖的日月潭紅茶，神情意猶未盡。

「我四姊和五姊的票，我建議妳改天嘗試……今天可能不方便。」我猶豫地說到一半，突然間想到，「有正熙會長支持，妳不是穩穩當選的嗎？」

「也許吧。」阿紐不置可否，倒是很關心我的第一句話，「為什麼我不能和兩位學姊拜票？」

「……」我能怎麼說？說她們有嚴重排斥同性的問題嗎？

「啊啊，是以為我會搶走你吧？」阿紐頗有深意地笑了。

「不、不是……我認為應該……」

「那她們的確該擔心。」

「我猜是……我猜是留級憂鬱症，所以妳不要介意……等等，妳剛剛說什麼？」

「我開玩笑的，沒聽到就算了。」

「……」

「我是告白聖德粉絲團的管理員，每次貼上對你的告白，我都覺得很厭煩，也不知道為什麼，唉……基於私心，真的好想無視她的投稿，但我身為管理員又不能這樣。」阿紐放下茶杯，歪著臉，當真有幾分哀怨。

「妳知道匿名的學妹是誰？」不知道為何，我比較關心這個問題。

「當然知道，每篇貼文都是經過身分查證，只有聖德的學生能投搞呀。」

「請問，是、是哪位？」

阿紐的雙眸閃過一瞬狡詐，搖頭道：「是會讓你嚇傻的人，等巧克力傳情當天，你就能知道了。」

「不能……透露一點嗎？」

「我是不像正熙會長做事一板一眼，要告訴你也不是不行，不過嘛……」

「不過？」

「不過我要你跟女朋友分手。」阿紐忽然斂起笑容，認真地說：「和自己姊姊交往，這絕對是錯誤。」

從她找來家裡和剛剛的言談，我就知道她已經發現我們家的姊弟關係……有些異於常人。

「我只是和二姊玩角色扮演罷了，欺騙妳姊姊，真的很抱歉。」我低頭道歉。

「不是角色扮演，哪有姊姊會在公共場所，挑逗……不，是摸自己弟弟的大腿？」

阿紐果然看見了，我立刻從天堂掉到地獄，窘迫到不知該如何解釋。翻遍腦袋裡預存的幾個理由統統沒用，在咖啡廳時我就覺得不太妙，希望她因為沒見過二姊，所以聯想不到我和二姊的詭異關係。結果天不從人願，當她拿著二姊家的地址卻發現是我家，所有薄弱的謊言全都破功。

難怪她一下子說要找二姊道謝、一下子又說是拜票，可見她剛發現時也很驚訝。

阿紐看我久久說不出話來，便柔聲道：「讓我幫你，狂龍同學。」

「怎麼幫我？」我抬起頭來苦笑。

「就說你喜歡我，這樣子可以同時拒絕那位……嗯，那位匿名的學妹，然後也可以拒絕沉淪於和姊姊的不正當關係啊。」阿紐好認真。

「……難道妳喜歡我嗎？」我單刀直入地問。

阿紐旋即拉起辮子擋在自己面前，尷尬地說：「突然問女生這種問題……未免、未免太奇怪了。」

「是嗎？」我覺得很不對勁，可是說不出理由。

「我只是希望你能有……能有……正常的男女關係，你不要想太多，我單純是發揮女僕的服務精神而已。」阿紐越解釋臉越紅，我不知道原因。

她願意幫助我，而不是打電話給教官，對我來說就已經是大恩大德了。

我苦笑著說：「很謝謝妳的善心，但我不能敗壞妳的名譽。要是讓同學知道妳和告白狂魔有什麼關係，那支持度一定會大受影響。」

阿紐一愣，神情有些猶豫，最後仍是點點頭，認同我的說法。

「那我先走了，等等還有幾位三年級的班長要拜票……」

「等等。」

阿紐剛站起來，我就拉住她的手腕。

「讓我問一個問題。」

「什麼問題？」

「姊弟戀……是不是真的不容於社會呢？」

「廣義的姊弟戀是沒問題的，不過狹義的姊弟戀就……」

「我懂了，果然是不行吧。」

偶爾聽聽姊姊以外的女生意見，其實讓我收穫良多；尤其是姊弟戀的問題，更是無法對姊姊們啟齒。阿紐幫了我一個大忙。

「謝謝妳。」

「不會，暑期輔導就要開課了，到時直接去學生會找我。」

阿紐笑著對我揮揮手，然後打開房間門離開。

碰巧五姊正好在房門外，驚恐地轉了個圈，趕緊舉起手中空空如也的杯子喝掉幾口空氣。

「五姊，妳該不會是在偷聽吧？」

「沒、沒有，我只是站在這而已。」五姊驚慌失措，像是幹了什麼虧心事。

「喔，那就沒事了，我剛好要出去一趟，順便送送同學。」我拿好鑰匙和皮夾，追上正在穿鞋的阿紐。

不知道是不是我的錯覺，總覺得五姊非常失落，手中沒半點液體的杯子始終忘記放下，一雙失神的眼眸，愣愣地目送我出門。

「最近龍龍的女人緣……好到太奇怪了，這該怎麼辦……」

這是五姊在我關上家門前所吐露的一句話，我竟然聽得異常清楚。

我需要找人說話。

疏理我混亂的思維。

尤其是家裡的氣氛變得非常不一樣。

就像是有一顆子彈打穿了蜂窩，蜜蜂們受到驚嚇紛紛飛出，到處亂竄卻永遠找不到目標。姊姊們就是蜜蜂，匿名的學妹就是子彈，她們開始焦慮、開始生氣，卻沒有能夠出氣的點。

我已經完全沒有當初被告白的喜悅，反而覺得這是某種詛咒，讓姊姊無端躁動，家裡的笑聲變少，陷入草木皆兵的狀況。

所以，我需要找人說說話。

那個人必須熟悉我們家的獨特，又必須是我可以信任的人。

沒有第二個人選。

於是我站在某間寵物店前，櫥窗的貓狗正用好奇的眼光打量我。

「你等等我，幫小皮洗完澡，我就可以休息了。」小皮是條狗，而幫牠洗澡的人是小夢。

一如往常，每當長假就是小夢的打工時間。

還好店長很親切，對小夢說：「小皮我來就好，難得有體貼的男朋友來探班，不要讓他等太久啊。」

「謝謝店長。」小夢用毛巾擦乾手，完全沒有解釋。

我們被誤會是男女朋友也不是第一次了，彼此早就習以為常，而且還有提早休息的福利，何樂不為？

站在店門的展示櫥窗，我和小夢並肩站著，看著我分不出品種的狗狗們各種姿態，有的打滾、有的睡覺、有的在繞圈圈、有的對我們吐舌喘氣，就算是號稱討厭狗的三姊站在這裡，大概也會融化吧。

我拿出超商買來給小夢的三明治跟飲料。

「急急忙忙要見我，而且還送上禮物，該不會有什麼陰謀吧，狂龍同學。」一陣子沒見，小夢的笑容一樣真摯。

「有幾件事想聽聽妳的意見。」我移動步伐，站在小夢身後，巴結地按摩她的肩。

「唔……居然還有按摩服務，真的遭遇到大問題了嗎？」透過櫥窗的玻璃面反射，我能見到小夢舒服地瞇起雙眼，這幾年來替大姊按摩所累積的技術果然有效。
「嗯，大問題。」
「請用條列整理，好讓徐心夢大師能夠為你解惑。」
「是的，大師，目前我碰到三個問題：第一個、我家四姊趁大姊不在，偷偷花光自己的零用錢去做DNA鑑定；第二個、我家二姊變成我的女朋友；第三個、有一位匿名的學妹在臉書上對我告白；第四個、最近我的女人緣好到讓我有些恐懼。請問徐心夢大師，何解？」
「OK，就讓我為你開示。」小夢轉過身，和我面對面相望，「首先，為什麼你總是不懂拒絕呢？再來，你居然對我炫耀女人緣，好、沒、禮、貌！」
貌字才說完，她一個正拳打在我的胸口，我假裝很痛，但其實小夢手下留情了。
「啊啊啊啊啊，好痛啊！」
「少來，你這招已經用過了。」
「喔，下次我會想出新招。」
「哼，我已經開示完畢，你可以離開了，不過記得留下食物和飲料。」小夢攤開手掌要拿。
「請再開示多一點。」我乖乖交出去。
「唉……」小夢看我愁眉苦臉的模樣，勉為其難地說：「如果你只能遷就別人，不懂得說No，那上帝也幫不了你啊。」

「我的確……常常被牽著鼻子走。」我犯好多次了，真的數之不盡。

「會有這麼多問題，還不是因為你優柔寡斷。明明心中就有答案，卻又不肯講明白，這真的是你的人格缺陷。」小夢指著我的下巴，有些不平。

「我心中哪有什麼答案。」我聳聳肩。

「如果連自己喜歡誰，你都沒有答案，那李狂龍，我確實看錯你了，原來你是個爛人。」小夢說得很重。

這讓我想起在運動會之夜，因為元希的設計，導致我不得不做出的選擇。

「你呀，早點確認自己的心意，就沒有這些麻煩事了。」小夢在我面前晃晃裝著食品的塑膠袋，算是說完謝謝，隨後便往寵物店內走。

「等一下！」我趕快抓住她的手臂。

「休息太久會被罵欸。」小夢抱怨。

沒有理由，我自己也想不到為什麼要這樣問，腦袋還沒反應過來，身體就先行動。我就像孕婦會突然想吃某種東西，而且不吃到不行一般，問了一個原本我以為不重要，但其實我無時無刻都在罣礙的問題。

「妳有喜歡過我嗎？」

「……」

小夢呆滯了幾秒，眼神慌亂地四處飄移，就是不願意看我的臉。

她想掙脫我的手，可是這次我死都不能放，因為我很想知道答案。很想很想。

「你很卑劣！到現在才突然問我這種問題……這教我怎麼回答嘛！」

「所以，妳喜歡過我嗎？」

「不喜歡！」小夢甩開我的手，嗔道：「明明就知道你不可能喜歡我，我當然不能喜歡你啊！」

果然……是不喜歡。

我垂下頭五味雜陳，有一股我分不出是酸澀還是遺憾的滋味在胸口內亂竄。

小夢氣惱地推開寵物店的玻璃門進去。

還想多站一會，我化身為人形立牌。

小夢再氣惱地推開寵物店的玻璃門出來。

左右手並用，朝我的胸口搥了十幾下。

「你一定沒有看我拍的照片對不對？」

「……我回家一定馬上看。」

小夢一說，我立刻就想起，上次我們一同去宜蘭玩的照片有兩大冊，一冊已經交給大姊，另一冊我放在抽屜內，一直忘記要去看。

「不准看！」小夢又搥我幾下，又羞又氣地吼：「過陣子才准看，過陣子才准！」

「為什麼？」

為什麼現在不能看？為什麼會突然提到相片？我腦袋裡都是問題。

「不要問，答應我，現在不准看。」

「我知道了，妳別生氣。」

「我、我才沒有生氣。」

「都打到我肋骨裂開了。」我表情猙獰，當然是裝的。

小夢沒好氣地說：「又在騙人，明明就不痛。」

「妳還不是在騙我，明明就在生氣。」

「你好狡猾！」

小夢作勢又要揍我，但我趕緊擺出一副楚楚可憐的模樣，她又捨不得動手了，只能惡狠狠地瞪我，最後扔下一句，「後天暑期輔導開始，請我吃點心就原諒你」，就轉身回寵物店上班了。

替小皮洗完澡的老闆隔著落地窗，給我一個意味深長的微笑。

他誤會我們是情侶吵架吧，我尷尬地點頭致意。

小夢能當我的朋友就夠了，我再一次說服自己。

房間內，五姊翻箱倒櫃。

我假裝躺在床上看漫畫，可是實際上都在注意五姊會不會翻出我「珍藏的隨身碟」，整個人心驚膽顫，內臟都快要從嘴巴內吐出來。我實在無法承受再一次失去波多野醬的痛苦了。

自從上次的弟弟批鬥大會，珍藏在電腦內和燒成光碟的波多野作品都慘遭五姊毒手，我好不容易偷偷買了個隨身碟，把所有影片都存在裡頭，才剛剛累積到30G左右，要是再被發現，後果不堪設想。

情況逐漸惡化，當五姊已經翻到我的書櫃第三層，離隨身碟所在第四層只剩一步時，我趕緊出聲阻止。

「五姊！」

「嗯？」

「妳在找什麼嗎？」

「我在找一些我們沒用到的文具、筆記、工具書。」

「放在那就很好，不用特地找吧。」

「我是想給三姊，畢竟明天她就要回學校啦～」五姊顯然心情不錯，語助詞啦的語調還給我上揚。

「三姊已經算是老學姊了，回聖德就跟回家一樣，妳不用特地為她準備。」我偷偷鬆一口氣，因為她已經離開書櫃。

「還是要吧。」

「平常心就行，三姊之前就跟我說過了，她只要一支筆和一本筆記就能讀書。」

「回去上課，不管是誰都會很雀躍嘛。」

「我就恨不得別去上課，更別說是三姊，她一定更不在乎。」

「是嗎……」五姊已經在書桌上擺好各式各樣的文具用品，甚至連聖德的女生制服都有，「不過龍龍還是拿去給三姊吧，反正我都收拾好了。」

「唉，她不會要的。」雖然明知五姊在白忙，可是她只要別把注意力放在我的波多野醬上就一切好談，我很樂意將東西轉移到三姊的房間。

我們的房間，旁邊是四姊和以前大姊的房間，再旁邊就是三姊和二姊的房間，距離並不遠，沒花幾秒鐘就抵達目的地門口。

對，門口，我雙手捧著一堆物品就站在門口。因為我透過門縫看見三姊正在哼著輕快的歌曲，用熨斗燙平已經放很久的聖德制服，身上只有一件白色的蕾絲胸罩和同套的內褲。

燙好之後，她仔細地穿在身上，站在鑲在衣櫃的整面鏡子前，上下打量著自己，甚至還原地轉一個圈，心情好到唱起某個童謠。

靠，她是真的很期待上學啊！

這欣喜的表情是怎麼回事？會讓一向細心的三姊忘記鎖門？

「三姊，我要進去了喔。」鑑於過往的經驗，我還是乖乖提醒。

「等等！」三姊一陣兵荒馬亂，換回原本居家的衣物。

我把五姊交代轉送的物品放在門邊，正準備三十六計走為上策，卻沒想到她出聲要我拿進去，我只好送佛送到西，將其重新放在書桌上。同一時間，三姊已經鎖上房門。

心中的不妙感開始滋生……

「弟弟，剛剛有看到什麼，或是……聽、聽到什麼嗎？」

「我什麼都沒看到、什麼都沒聽到。」鑑於過往的經驗，什麼都不知道最好。

「騙人……」可是三姊很難騙。

「這是五姊到處收刮的用品，文具、工具書、筆記本應有盡有，甚至她還找出沒在穿的聖德制服，三姊可以試穿看看。」我顧左右而言他。

「弟弟果然是偷看了。」要騙三姊很難，但是她感受到我的窘迫，好心地放過我一馬，走到書桌前翻起我剛送來的物品。

我盤腿坐在她的床上，拿起枕頭旁專屬於她的睡前讀物，笑道：「這本《人體：大腦、記憶與夢境》，基本上全天下的高中生都不會想閱讀吧，像磚頭一樣厚，都可以拿來殺人了。」

「那本很有趣，裡面在說身體的運作，是由大腦接收五感送來的資訊然後做出回應，可是人一旦昏迷，五感接收的訊息是不是依然會傳達到大腦中，化為介於真實與虛假的夢呢？同理又能延伸到靠音樂和家屬的呼喚聲來刺激昏迷病患……」

「可以了，我頭痛了。」

我試圖從書堆中找出一本女高中生會讀的書，比如言情小說之類，可是我找了半天統統失敗，還找到資處系相關的書籍，大概是講解影像處理與文字處理，她的博學真是讓我感到不可思議。

「我最近都在讀書，想知道自己對哪方面的課程有興趣。」

「不愧是三姊。」

我放下書，指著一疊摺好的制服。

「快點試穿看看吧，要是不合，我們趕緊去買。」

「果然，弟弟也覺得我之前的制服太破舊了。」

三姊拿起五姊的制服，站在衣櫃的鏡子前，若有似無地瞪我，讓我有自知之明，趕緊轉過頭去面壁，保證等等她更衣，我什麼都看不到。

「好了。」

我回過頭去看，不禁搖搖頭道：「不太合。」

三姊拉拉過度寬鬆的領口，無奈地說：「五妹的胸部實在發育太好，唉……這件不行，弟弟再轉過頭去，不准偷看。」

我雙手矇住雙眼，五指緊閉沒露出一點縫隙，直到三姊出聲提醒，這才把手放下。

「唉，四妹的制服襯衫和裙子果然太小件。」三姊特地轉一圈給我看，喃喃道：「不過，動手改一改也許還行吧。」

「不行。」我義正詞嚴地說：「四姊的裙子太短。」

「……男生不是都愛看短裙嗎？」三姊低聲問。

「愛看是愛看，不過三姊，妳的屁股蛋都沒遮住，內褲褲底整個暴露。這種會讓聖德暴動的服裝，妳確定要穿嗎？」

「不早講！」三姊慌亂地一手按住前方的裙襬、一手擋在後方屁股，害羞地嗔道：「不准看，轉過去。」

結果忙了半天，沒得到任何成果，三姊的制服還是得重新買過。不過其他的學生用品她還是收下了，還特地交代我要跟四姊和五姊道謝，如果有缺什麼書，記得隨時到她房間拿。

眼見三姊已經沒過去自我封閉時的頹容，就連臉色都比以前健康很多，讓身為弟弟的我深感欣慰。

然而，先不管三姊還算不算是一個高中女生，該有的配備還是少了一樣——

離開她的房間，我到放零用錢的鐵盒前，數了數裡頭的鈔票，大概還夠買一份禮物送給三姊。

我已經開始期待她收到禮物的表情了。

第三條　姊姊有權力壞弟弟清白

暑期輔導，堪稱是全天下最莫名其妙的存在。

上課就上課、放假就放假，為什麼要在放假的時候重回學校上課？既然都要上課了，那又何必要有暑假？

我不懂，反正矛盾無所不在，要是一一去追尋答案，我恐怕會累死。

才放不到兩個禮拜的假期，同學們顯然仍未收心，整個班級亂糟糟的。就連瘋后也不太想上課，隨便播放外國的電影看三節課，說要我們繳交觀賞心得後，就不知道跑去哪偷懶了。

講臺上的布幕在播放一齣老電影，同學們在臺下忙自己的事，甚至還把喇叭的聲音關掉，以免干擾大家聊天。

四姊和五姊的座位都在我附近，她們完全沒有進入一個新環境的羞澀。姊妹倆自顧自地和其他同學聊天，融洽到讓我忘記她們留級的事。倒是三姊就比較倒楣，瘋后似乎不願意再接收一個李家的學生，何況旁聽生也沒先例，所以三姊目前都在圖書館讀書。

還是坐在我正前方的雲逸，竟然在我面前拿出手機拍攝四姊和五姊，我一腳踢在他的木椅上。

「幹麼？香玲和金玲同學都說我能拍啊。」雲逸瞥我一眼，「我只不過是想記錄美好的事物，又沒有什麼企圖。」

「喔。」我站起來，搶走他的手機。

「喂，不要刪掉啊，有幾張真的很好看。」雲逸伸手要搶。

但我更快一步，把幾張四姊和五姊的照片都傳給紫霞，然後把手機物歸原主。

「……」彷彿被扭斷頭的雲逸，四肢無力地攤坐。

因為紫霞很快就回覆了一張貼圖，是一個人滿身是血的照片。

三節課很快就結束，電影雖然還沒播放完，但已經被剛睡醒的總務股長關掉，他摸摸自己的肚子，朝全班大聲說：「離中餐時間還有四十分鐘，不過我餓了，所以訂便當的單子各位先傳下去，我早點打電話去訂購，能比較早吃飯。」

沒人有意見，反正暑期輔導本來就是很荒唐的存在。連一向勤奮的五姊都沒帶便當，正尋思要替我和四姊訂什麼。

「龍龍想吃排骨便當嗎？」顯然沒訂過的五姊很猶豫地問。

「我隨便。」我趴在桌上。

「人家的男朋友，當然要吃人家親手準備的愛妻便當啊。」

整個雞皮疙瘩瞬間爬滿我的背，我真的很不想抬頭看，真的很不想……

「二姊怎麼跑來？」四姊。

「那就不用訂了。」五姊。

「這、這位是你女友……不，是你二姊……不不，是你女友！到底什麼才是真的？我搞不清楚了，不過好……性感……」雲逸。

聽到性感這兩個字，我立刻彈跳起來，脫掉身上的制服襯衫罩在二姊身上。不過她的穿著已經比我想像中好很多，只不過領口稍微低一點、短褲稍微短一點而已，但對青春期的男生來說，還是刺激了一點。

二姊媚笑著穿上我的襯衫，大聲宣布道：「大家好，我是狂龍的女朋友，今天大家的中餐就由我買單吧。」

教室內響起熱烈的掌聲，尤其是男同學們拍得手都腫了。

四姊揚聲對二姊說：「明明就是姊……唔唔唔……唔唔……」

果然說到一半就被二姊封口，倒是五姊哀怨地看向我。

如果是一個正常的弟弟，那我應該大聲起來糾正二姊的說法；不過我越來越不正常，縱使是鬧著玩的承諾也是承諾，既然答應到暑假結束都維持男女朋友的關係，我就讓二姊去自由發揮了。

低調的我儼然成為班上最受關注的存在，女同學用難以置信的目光掃視我，男同學則是羨慕混搭憤恨，非常複雜，尤其是學不到教訓的雲逸。

「她到底是二姊還是女朋友？」他問。

「我們沒血緣關係。」我說。

「可惡，和這麼漂亮的姊姊同居，你這該死的現充還不給我爆炸！」

「你不要老是背著紫霞覬覦我姊姊。」

「我對紫霞是愛，我對漂亮的女生是欣賞啊，欣賞造物主的偉大與巧妙。」

「已錄影。」

「拜託，我又不是第一次說了，根本就不怕……」

「啊啊，剛剛不是錄影，我按成和紫霞的視訊通話了，抱歉、抱歉。」

我關掉手機，接著，雲逸的手機響起。

他一副靈魂抽離的模樣，死不瞑目地接起電話，然後只差沒跪在地上道歉。

二姊牽起我的手，真的像女朋友一般撒嬌道：「親愛的，帶人家去逛逛校園嘛。」

「……好吧。」不過，妳不是聖德高中畢業的學生嗎？

「就知道你最好了。」二姊輕輕地抱住我，將下巴靠上我的肩膀。

就算我的座位是最後一排，但此時此刻有不少同學回頭看我，這樣當眾放閃絕對違反去死團的大忌啊！

我要推開二姊，可是她卻在我耳邊低聲道：「不要動，再五秒……四秒……三秒……兩秒……一秒。」

同一時間。

四姊已經滿臉怒容地站在講臺上，拿出高四學姊的氣魄和一封牛皮紙袋，拍拍手匯聚所有人的視線。

突然，一股不妙的預感油然而生——

這是四姊不顧一切的徵兆啊！

「各位，打擾了，我是李金玲，可能有人認識我，或是沒人認識我也沒關係，反正還有整整一年的時間可以認識。」四姊見自己終於匯聚所有人的目光，才轉換情緒，清清喉嚨，認真地說：「我要占各位一點時間，來消除一個很嚴重的誤會，雖然我和李狂龍以姊弟相稱，但實際上是沒有血緣關係的……」

「四姊。」我揮手打斷，尷尬地笑笑，「這是家務事，不如我們回家談吧。」

「不行，我就是要一次講清楚，順便讓那個匿名的學妹知道，不准對你動歪腦筋。」嗯，四姊已經呈現失控狀態了。

依大姊的囑咐，此刻只能用暴力鎮壓，才能讓四姊冷靜。

我正準備走上臺，二姊卻整個人抱住我，並且洩漏出毫不意外的笑聲，笑聲中藏有幾分狡詐，但更多的是打從內心的高興。

四姊控制住全場，高高拿起牛皮紙袋，大聲公開：「這是我和李狂龍的DNA鑑定報告，原本是想等回家的時候才打開，但是和各位同學一起見證也很好。」

竟然在班上同學面前解開李家最高機密！我原本想再度出聲阻止，可是內心蠢動的好奇，讓我動彈不得，就算二姊不抱住我也沒影響，因為我也很想知道答案。

二姊和三姊已經確定和我沒血緣關係，我只剩下大姊、四姊和五姊，該不會……有五個姊姊的我其實只有一個姊姊吧？

內心掙扎之中，四姊已經打開牛皮紙袋，抽出裡面幾張薄薄卻又無比沉重的紙。

「嗯，關於李金玲和李狂龍兩人於七月二日接受DNA血緣關係檢測，結果顯示李金玲和李狂龍為同父異母之手足關係的機率為百分之九十九點九九九……」

全班愕然，包括我、包括五姊、包括二姊、包括四姊。

同學錯愕的原因是搞不懂為什麼她要去做一個浪費錢的鑑定。

而李家的人……算了，我也猜不透。

「怎、怎麼可能……這絕對不可能啊！」四姊哭喪著臉凝望我。

我只能低下頭避開她黯淡又絕望的眼神，這是在我預料之中的事實，卻沒來由地感到難過。

「為什麼會這樣……」二姊放開抱著我的手，後退了一步。

還坐在位子上的五姊正在無聲哭泣。

喂，證明我們是真正的姊弟，不是一件好事嗎？

二姊已經走到講臺把四姊攬入懷中，柔聲安慰已經傻住的妹妹。

連雲逸都站起來拍拍我的肩，彷彿我受了多大的傷一樣。

但是我……其實我……可惡，都是四姊和五姊的關係，才害我有點難過。

揚起頭，希望眼淚能抵抗地心引力，不會丟臉地落下。

無法言喻，這複雜的情緒是哪裡竄來。說難過，我不難過；說高興，我不高興。就躲在語言的灰色地帶中，讓我確切感受卻不能表達，最後化為鼻酸的反應，莫名其妙，在我的眼眶有了蠻不講理的眼淚。

遭遇到巨大的認知反差，四姊只是茫然地被二姊抱住，混沌的雙眸似乎還搞不清楚狀況，一項她這些年來都奉為真理的事被證實為假，我能體會她用精神逃避的方式讓自己好過一點。

明明就是喜事，卻搞得像辦喪事。

我想，雖然我從小在李家長大，也不知道李家人個性古怪的原因吧。

低氣壓籠罩整個家。

四姊不離開房間，不吃不喝，彷彿根本不存在。

五姊雖然嘴巴上說「能當龍龍的姊姊已經很棒了，本來就不可以太貪心呀」，但眼眸裡的灰暗騙不了我。

我刻意每天嘻嘻哈哈，無聊就去鬧四姊和五姊，試圖為大姊不在的家多填充些笑聲。後來我才知道，這就是所謂的強顏歡笑，越笑越顯得可悲。

其實我是討厭自己，為什麼幫不了她們。對我像媽媽一般的五姊就不用提了，就算是四姊從小到大對我也相當不錯，即便我們有時候會吵架、有時候會鬧脾氣，但她還是我敬愛的姊姊。

所以看到她像個行屍走肉，我卻束手無策，那感覺惡劣到無可比擬。

我能讓三姊走出房間，卻不能刪除四姊和五姊體內與我連結的血緣關係。

在我低落之際，不知不覺地二姊將車開到一處無人的公共停車場。當我回過神，車已經停在最角落的停車格，引擎沒熄，冷氣還在吹，我卻搞不懂二姊想幹麼。

原本我和她是打算驅車去購買名店美食，以用來誘惑四姊，看能不能讓她心情好些。

可是此處不像百貨公司，也不像傳統的美食街，就只是一個沒人的停車場啊。

「你認為什麼是自由呢？」二姊突然問。

「妳不知道問過我幾次了，我是真的沒有答案。」我搖搖頭，從小到大我始終給不出她滿意的答案。

「我認為自由就是不顧一切，四妹和五妹都太膽小了。要是我，才不管什麼血緣關係，反正不說也沒人知道。」她毫不猶豫地講出驚世駭俗的話。

「拜託，別教壞四姊和五姊，她們以後都要嫁人的。」

「那好吧，我只好就接收你了。」

「現在不是開玩笑的時候，妳有什麼好辦法能讓四姊和五姊……恢復正常？」

「我有啊。」

「……不早說。」

「我還滿喜歡看妹妹混亂和弟迪煩惱的模樣呀。」

「懇請，教我。」

我滿懷期待，畢竟二姊是個連鬼和元希都能收服的奇人，說不定她真的有什麼好辦法。要不然看自己姊姊要死不活的樣子，簡直比殺掉我還難受。

二姊猶豫一會，拉平椅背，舒適後躺，在狹小的車廂內輕聲說：「長痛不如短痛，只有你快去交個女朋友，讓她們好好死心，當然……我建議那個女朋友就是我，畢竟肥水不落外人田，我健康年輕美麗，一定能生下很多好寶寶的。」

我的耳朵直接刪掉後半沒營養的部分，直接問：「有用嗎？」

「有用，原本你和我交往……唉，你們的血緣關係太意外了，導致人家的構想都……現在該怎麼辦呢？反正，四妹和五妹需要效果更強的特效藥，最好是連三妹都會坐立難安的更好。」二姊彷彿在自說自話，因為我完全聽不懂。

「什麼意思？」

「姊姊難為的意思。」她朝我招招手，媚聲道：「你爬過來。」

「爬過來？」

「嗯，快點嘛。」

禁不起催促，我又想知道二姊是不是真的有更強的特效藥，所以確認車窗外無人後，我彎腰從副駕駛座站起，跨過排檔和手煞車，用伏地挺身的姿勢，整個人固定在二姊的身體上方大概三十公分處。

二姊伸出手，撫摸我的臉，「你知道，要給弟迪最好的，有多困難嗎？」

雙手有點痠了，我趕緊問：「懇請二姊幫忙。」

「很抱歉……在小時候，這樣對你……抱歉。」雖然我們在咫尺之間，但她的雙眼失焦，宛若在看過去的我，「弟迪要什麼，我都願意補償你。」

「對我……什麼？」

我突然想起她和唷學姊在我家陽臺的對話。不過二姊小時候欺負我的事，早就已經是過往雲煙，她為什麼要一直提起？還有，要是她再不說清楚，我的雙手就快支撐不住了。

「我只希望四姊和五姊能恢復正常。」

「只要你願意和外面的女生多交流，那人家就有辦法。」

「好，那我可以……可以坐回去了吧？」

「不要。」二姊嗔了聲，直接攬住我的脖子。

我的雙手一軟，整個身體就塌在她身上。我們尷尬地疊在一起，二姊在下、我在上。

但她還是緊緊地抱住我說：「要記得，所有姊姊中，就只有我對弟迪沒任何私心，所以人家是絕對不會背叛你的。」

「二姊，這樣有點尷尬。」

「我是不是讓你產生衝動了？」

「還好。」

「有硬硬的嗎？」

「拳頭。」

「要噴發了嗎？」

「腦血管。」

「真傷心……」

「二姊，我們還是分開吧。」

「不要，我喜歡被你壓著，讓人家……被束縛，讓人家……喘不過氣，統統都屬於弟迪的感覺，好棒。」

「我們還是回家吧，二姊。」

擁有太過直接的姊姊，實在是專屬於弟弟的悲劇啊。

我懷疑二姊是不是在騙我。

家裡的狀況根本沒有改善，四姊已經三天沒去上暑期輔導，整個人跟床鋪融為一體；五姊比她好一些，可是沒有好多少，就算人在上課，靈魂也不知道跑去哪裡，桌面上永遠是化學課本第五十二頁，上面畫滿沒人能辨識的紋路，彷彿在鍊什麼怪誕的陣。

大姊不在，二姊無能，三姊茫然，只剩下我出力。

首先，我打算先將四姊拖出房間。

站在她的房門前，正在猶豫要怎麼動手之際，空氣中突然傳來夾雜著焦臭的白煙。

三姊的求救很快在我耳邊響起，我立刻追去查看。

整個廚房都是煙，三姊拿著水瓢灑水，我大喊二姊來支援救火，但隨即想到她今天去大學工作，所以遠水救不了近火。

我衝去把天然氣的總開關關掉，從陽臺牽來水管，將三姊拉出廚房，自己跑進火光之中。剛開始火焰奔騰，真的有幾分危險，濃煙也非常嗆鼻；不過在大量的水壓制下，火漸漸轉小，我才能確認受損情形，還好只不過是流理臺燒掉，損失並不嚴重，火勢很快就熄滅。

肇事的凶手五姊害怕地直搓手，喃喃說：「我不是故意的……我不是故意的……我只是想有點溫暖……不、不是……我只是想燒開水……只是燒開水……」

「五姊醒醒啊！」我赫然發覺，壞掉的五姊比四姊危險太多了。

我該慶幸三姊及早發現，要不然鬧到鄰居逃命，消防局出動，浪費社會資源的罪孽就太深重了。

三姊還在廚房善後，滿地都是水，廚房的牆有部分被燻黑。

「妳有受傷嗎？五姊？」我摸摸她的身體，要確認是不是有燙傷。

「沒事……對不起……我不是故意的……」五姊原本潔白的臉蛋和整潔的衣服都是水漬和黑汙。

其實我和三姊也差不多，一整個狼狽不堪，突然間發生的意外讓我措手不及，連自己左手背的燙傷，我也現在才發現、痛覺現在才傳來。

「我害……我害龍龍受傷了嗎……是我……我害……」五姊整張臉皺成一團，愧疚到快要哭了。

「不是。」我雙手捏捏她的臉頰。

「是我……一定是我……」

「五姊，不然妳幫我個忙，就算是彌補了燒掉廚房的過錯。」

「好、好的……對不起……」

「一起把四姊拖出來吧。」

沒錯，以姊攻姊，正是我設定的最強戰略。

我看了一眼還在廚房打掃的三姊，她頷首表示沒問題。我們姊弟在緊急狀態中，用眼神進行交流，她很聰明，馬上就知道我以姊攻姊的策略。

「廚房交給我，我把髒水處理乾淨，其餘等二姊回來解決。」三姊把掏錢維修的責任交給目前最年長的姊姊，絕口不提大姊。

我懂她的意思，要是大姊知道家裡一團亂的慘狀，一定會扔下所有工作，不顧一切搭乘十幾個小時的飛機回家。

不過，我們年紀已經不小了，是該相互扶持的時候，而不是什麼都要找大姊。我認同，這也是我遲遲不用大姊的名義逼四姊出房門的原因。

隨便找一條乾淨的毛巾，先把傷口給綁好。反正不嚴重，現在四姊和五姊比較重要。

「弟弟先帶妹妹們去洗澡，穩穩心神再說。」三姊再度交代我。

我嚴肅地點點頭，緊張到像是警察要破門攻堅。目前誰也不知道四姊在房間內的狀態，時間已經拖得太久，我要趁五姊還能幫忙的時候一鼓作氣。

一個姊姊才剛從房間出來，我絕對不允許另外一個姊姊鎖進去。

「四姊，出來洗澡！」我用硬幣輕鬆打開喇叭鎖，成功進入四姊的房間。

烏煙瘴氣，是我第一個想法。因為門窗密閉的關係，剛剛從廚房飄來的燒焦白煙在裡頭久久沒有散去，而四姊還穿著當天上課的制服襯衫，不過裙子已經不翼而飛，只剩下一條內褲。

五姊終於清醒一點，知道自己雙胞胎姊姊很不對勁，趕快把窗戶打開，讓清新的空氣進來。

床邊都是碗盤筷子，裡面的食物幾乎沒吃，發出酸臭的味道，這簡直和公園的流浪漢沒有差別。只要我還活著的一天，我完全不能接受自己姊姊像流浪漢一樣！

我一咬牙，直接用公主抱的方式，把四姊從床上抱起，中間還踩到盤子差點滑倒，好險我的左手撐在牆面，總算能順利離開臭死人的房間。

一路到浴室內，我先將四姊抱穩，讓五姊脫掉她的內褲和制服，最後才光溜溜地放到浴缸裡面。

熱水漸漸冒出和廚房相比純淨無味的白煙，四姊緩緩睜開雙眼，灰白的雙眸毫無神采，四肢漸漸漂浮在水面。略顯削瘦的身軀讓我看得好不捨，我不懂她為什麼要傷害自己。

我很難過。

五姊也是。

四姊一句話都不說，像是對任何事都無所謂了。

我坐在馬桶上，想說幾句來安慰她，可是我實在說不出一段完整的句子，甚至是一個字。

五姊緩慢地脫掉自己的短褲和針織衫，再脫掉內衣和內褲，整齊地摺疊放在衣籃內，然後拿著沐浴球進浴缸，雙手並用輕搓著四姊的大腿和小腿，開始進入洗澡的工程。我也沒閒著，沾好洗髮精，開始洗那頭櫻桃色的短髮，指尖揉著頭皮。

「四姊，恢復正常吧，弟弟和妹妹都對妳很好，妳還不滿意嗎？」我低聲勸道。

五姊跨在四姊身上，胸部壓在四姊的胸部，用洗面乳替自己姊姊洗臉，溫柔地將泡沫推開，小心到像是在維護昂貴的藝術品，所以我不知道四姊是不是舒服到不願說話。

「唉……」我吐出一口比壞掉食物還酸的氣。

其實我也知道，除非四姊自己願意好起來，否則再幫她洗一百次澡也沒用。二姊曾經告訴我，要讓姊姊們死心，但如何死法，卻是隨意帶過，擺出本山人自有妙計的表情簡直是莫名其妙。

「妳們……」洗完四姊的頭，我站在浴缸邊，再用洗髮精梳洗五姊的長髮，經過這短暫的時間，我反覆思量了措詞，緩緩地說：「應該要習慣沒有弟弟的存在。」

四姊忽然瞪大眼。

五姊雙肩縮起。

儘管動作不一，卻很有默契地不發一語。

我開始後悔了，我真正的意思，是希望她們能更專注於自己，而不是把心神都放在我身上。

正當我想解釋，浴室的門突然開了，三姊滿身香汗地走進來，然後朝我尖叫一聲。

「姊姊在洗澡，弟弟怎麼會在這！」

捧著五姊髮絲的我困惑地問：「不是要我幫她們洗澡？」

「我只是說帶她們來，沒有要你幫忙洗……等等，不准看！把眼睛閉上！」三姊以手遮住我的眼，再把我推出廁所外，「已經這麼大了，姊弟不能一起洗澡！」

「我沒洗，我只是幫她們洗。」

「一樣！」

砰！

浴室的門無情關閉，熱煙仍從門縫中漏出，可是我已經看不見四姊和五姊。

隔著門板的我感到有點遺憾。

尤其是剛剛四姊和五姊都沒說話的時候。

那封ＤＮＡ鑑定報告書，讓我確認擁有兩個姊姊。

可是我們再也回不去，原本天真無邪的姊弟關係了。

既然有三姊幫忙四姊洗澡，那我就去整理四姊的房間。

我無精打采地撿拾垃圾，將地板整個拖過一遍，再把棉被、床罩拆去洗，最後一不做二不休，連窗簾都被我拆掉，陽光終於能夠透過窗戶晒進來，一掃原先陰鬱，讓我的心情好了些。

站在窗邊，刻意讓陽光照射我，享受體溫逐漸升高的暖意。

在炎熱的暑假，我竟然亟需溫暖，不免讓我苦笑。

口袋裡的手機響起，我看了一眼，是雲逸的短訊，他告訴我匿名的學妹又在告白聖德的粉絲團發文，要我趕緊去看。

原本我意興闌珊，但旋即想到二姊的建議。

長痛不如短痛，只有你快去交個女朋友，讓她們好好死心。

沒錯，對四姊來說，或許能讓她早點看開。

我馬上登入臉書，連上告白聖德。

暑期輔導終於開始了，我迫不及待趁下課的空檔，躲在教室外偷窺學長，而且還看見學長的姊姊們，她們可愛到讓我小擔心，萬一學長的眼光太高，會不會看不上我……

覺得自己很像變態的學妹敬上

沒有猶豫，我直接留言。

雖然不能完全確定是指我，但如果妳口中的學長是我，能不能私訊

給我呢？

李狂龍敬上

接下來就是焦慮的等待。我記得阿紐說過，匿名的學妹會是讓我驚訝的人，這就代表我一定認識。如果是全然陌生的人根本就沒啥好驚訝，再加上她在暑期輔導時看到我，所以很有可能是高一升高二的學妹。

不過，上學期的高一學妹，我有認識的嗎？想不起來。

當我還在想會是誰，匿名的學妹就已經私訊給我。

內文非常簡單，直接約我在聖德高中的後門見面，當然還有加上一些表情符號和女生專用的語助詞，因為不是重點，於是我就沒太認真去讀了。

今天暑期輔導放假，目前是下午兩點鐘，應該可以在晚餐前回家。

我穿戴整齊，畢竟是第一次見面，希望留給人一個好的印象，卻又不敢耽擱太多時間在打扮，還是以簡單乾淨為主。

不知道是不是該買一束鮮花，我在公車上很猶豫，因為我從來沒經歷過網路交友的方式。唉，其實這到底算不算網路交友都很難講，我越是胡思亂想，越是顯示我的緊張和無奈。

四姊喜歡我，而且不是姊姊對弟弟的喜歡。

在她第一次在樓梯間告訴我時，隱隱約約，我就認定她是認真的，但是我不敢當真。姊弟交往絕對是社會的禁忌，更何況現在還證實我們有血緣關係，我一定要斷了任何逾矩的念頭。

如果我和匿名的學妹試試交往能讓四姊看開……我願意去試。

不管匿名的學妹是高是矮是胖是瘦，我統統都可以。

公車早就錯過花店了，已經到達聖德高中，我兩手空空，抱持著不好意思的心情穿越校區，前往約定的後門。

希望妳是個善良的女生，如果妳願意的話，我也願意認真當一個稱職的男友；不抽不賭不嫖不花心，全心全意對待妳，如果妳對我膩了厭煩了，我會微笑著分手，再也不打擾妳。

我滿腦子亂糟糟，已經在對未知的學妹說話。縱使腳步有幾分沉重，但也不妨礙我走向後門。

我垂下頭，到了。

眼角餘光看見有人在等待我，可是我害羞……喔不，是尷尬到不敢正視對方。

而且匿名的學妹也不吭聲，現場氣氛越來越怪，怪到我不敢抬頭確認，甚至開始懷疑是不是見鬼了。

她站在我身前大概五公尺處，後門此時完全沒人。

我慢慢抬起頭，視線從低漸漸往高。

高跟鞋。

黑色絲襪。

窄裙。

白色襯衫。

飽滿的胸部。

黑色摻些墨綠色的髮尾……

等等，墨綠色和黑色？

我猛然張大雙眼。

再三確認，最後那抹奸邪的笑，終於讓我清楚明白——

匿名的學妹，就是二姊啊……

我閉上雙眼，想去死。

「是來的女生太漂亮了，所以弟迪才一副榮登極樂的表情嗎？」二姊嬌笑著摸走我口袋的手機，還刻意亮出匿名學妹寄給我：「弟弟是笨蛋」的短訊，證明她就是我約定的人。

羞恥感讓我整張臉漲紅地說：「要我有那麼好玩嗎？」

二姊收起笑容，神情有些複雜，低聲道：「要讓四妹和五妹恢復正常，就只剩這個方式……弟迪別生氣……」

「……這又有什麼關聯？」

「上車再說吧，我們還得趕去一個地方。」

「唉。」

隨便她了，死馬也只好當成活馬醫。事已至此，我根本就沒有什麼愛慕者，在告白聖德的留言全是笑話，將來會成為二姊取笑我一輩子的趣談吧？

我想生氣，但更龐大的無力感襲來，連發怒的力氣都沒有。

真希望自己是一片葉子，能隨風飄舞真好，什麼都不用想。

「是因為計畫生變，所以我才會這麼早現身。」二姊一直試探地看我，「弟迪絕對不可以氣我，人家真的是好意……」

「讓我自以為有人喜歡，這好意真可怕啊，二姊。」我將頭靠在車窗。

「不是讓你以為，而是讓妹妹們以為。」

「拜託，請從頭到尾清楚地解釋給我聽……」

「好吧。」

二姊邊開車邊說，當跑車載著我們穿過一條又一條街道，我也漸漸懂二姊在玩什麼花招了。無奈的情緒開始大過憤怒，我能體會她的做法，儘管我不能接受，而且……我萬萬沒想到，一切的起源，是從小夢和我去宜蘭玩開始。

「弟迪離家出走當晚，我是第一次看見大姊如此的……如此的……」二姊選不出可以精確描述的辭彙，最後嘆氣道：「失魂落魄。」

「……」這個詞好嚴重。

「我嚇到了，一向沉穩成熟的大姊會變成這樣。讓我驚覺到原來你在大姊心中占好大的部分，一旦少了，她就不完整了。」

讓大姊擔心，我很遺憾。

「後來透過三妹追查到弟迪的行蹤，大姊的情緒才漸漸平復。當我們驅車趕去找你，發現小夢也在時，我就覺得大事不妙。」

大事不妙？我無法理解。

「大姊和我的做法不一樣，她選擇去瞭解小夢。可是我知道這樣不夠，尤其在海盜桶的遊戲過後，我深刻體會到一件事，小夢很危險，她是超級危險人物。因為她人太好了，又太難以掌握了，當一個女生擁有這兩點，就代表……」

「代表？」

「代表小夢有讓弟迪刻骨銘心的能力啊。」

「……」我張大嘴，說不出半句話。

「我要給弟迪最好的，小夢不好，很不好，因為她有讓弟迪傷心的條件。」二姊直白地告訴我真相。

我很想反駁，但無話可說。

即便有傷疤被揭開的疼痛感，還是無話可說。

因為二姊說的是實話，小夢實在是太好了，好到我試著高攀，卻註定重重摔死的程度；於是對姊姊們來講，當然就變成很不好。

「全世界，就我所知，絕對不讓弟迪傷心的女生只有四位。」

「怎麼統計的……」

「就是我、三妹、四妹、五妹。」二姊說出這話完全沒一絲停頓，顯然是早就深思熟慮過，「可是我的妹妹們都是笨蛋，根本不懂自由的真諦。被不知所謂的顧慮束縛，畏畏縮縮到統統滿十八歲，都可以合法性交了，卻一個又一個裝作什麼都不懂的模樣，令我生氣。」

撇開一些不適合未成年聽的名詞，我赫然發現二姊的企圖了。

「所以我就塑造出『三個虛構的情敵』，讓我的妹妹們好好緊張一番，結果效果不差，四妹果然就跨出關鍵的一步，五妹大概也已經下定決心，只是……萬萬沒想到……那封該死的ＤＮＡ鑑定報告書破壞了我所有的計畫。」

「是啊，四姊和五姊都是我的親姊姊……」不知不覺，我居然淒涼地笑了，而且我還是透過擋風玻璃的反光才察覺。

「都怪爸爸了，到處亂搞！」

二姊抱怨的同時，車子也停了。

熟悉的地方，一樣的破敗雜亂，附近還是有幾位遊民和不良少年朝我們的車看來。在這出生成長的二姊根本沒放在心上，逕自熄火下車，我只好跟在她的屁股後頭，爬上那棟可能是方圓一公里內看起來最乾淨的公寓。

再次來到二姊的舊家，裡面依然整潔，和屋外形成強烈的對比。

二姊隨意脫下高跟鞋，直接癱在沙發上休息，一臉疲倦地說：「弟迪都不知道，我要讓妹妹們面對自己的情感有多難，一次要製造出三個虛擬的情敵是很累人的事。」

「三個？」我也癱坐在她身邊，對於這數量有些疑惑。

「嗯，就我啊，再來是匿名的學妹……最後是阿紐。說到這就真的好可惜，我都跟她規劃好強攻弟迪的戰略了，一定能讓妹妹們緊張兮兮。唉唉，現在全部都泡湯啦。」

「阿紐為什麼幫妳？」

「她要選學生會長嘛，剛好聖德高中裡，我認識不少學弟妹可以幫忙呀。」

「該不會是白元希吧……」

「不止，我還認識很多人喔。」

「難怪……妳這手段，真的很像戀鬥社。不，不對，二姊就是戀鬥社啊！」

李亞玲不正是戀鬥社的創社社長嗎？我雙手抱頭，忽然這一切都不奇怪了。

「弟迪討厭戀鬥社？」二姊側過身面對我。

我坦白地說：「不喜歡，我和三姊的看法一樣，被包裝設計過的人，根本就不是原本的那個人，就算是交往了，以後也一定會分手。」

「弟迪始終都不明白，自由的範圍有多廣。」

「這也能扯到自由？」

「自由地戀愛、自由地分手，一段一段的戀情都會化成經驗值，在往後遇見真愛時，等級才夠啊。」二姊摸摸我的髮絲，笑道：「這個世界，初戀能夠白頭偕老的機會是趨近於零吧。」

「……歪理。」

「學生就是要學習，我創戀鬥社讓同學們學習戀愛又有什麼問題，何況能讓元希安分點，這絕對是好事吧？」

「歪理就是歪理。」

「好吧，那我的歪理能讓四妹和五妹打起一百萬分的精神，弟迪是用還是不用？」

「……先說來聽聽。」

「嗯，先跟我到房間內。」二姊比了比身後的牆，打算要給我看什麼東西。

我默默地跟隨她走到一間大概五坪大的房間，裡頭有一張床和幾個紙箱，收拾得很乾淨，雖然不到一塵不染，但至少隨時搬進來住都沒問題。唯一的缺點就是沒有窗，光源來自天花板的日光燈，可能是因為老舊的關係，燈光有些閃爍。

不過，二姊到底要讓我看什麼呢？

等等，二姊呢？

我猛然回過頭，房門已經被無聲關閉，二姊不知所蹤。

「二姊！開門啊！」我扭動門把，確定自己被關起來了。

「弟迪……要記得，只有人家對你沒有任何私心，全心全意只為你好。」二姊在門外幽幽道。

「好個屁，放我出去！」我拍打門板，發現此門異常堅固。

「你不是要四妹和五妹打起精神嗎？」

「是、是啊。」

「那你就乖乖待在這吧。」

「乖個屁，還不快點開門。」

「堆不氣，窩素日本輪，都停不東內。」

「不要在這種時候給我裝日本人啊啊啊啊啊啊！」

「莎喲娜啦～」

就這樣，二姊真的走了。

我摸遍全身口袋，赫然想起手機還在她那。

目前我是處於叫天天不應、叫地地不靈的悲慘狀態。

大概也是首位被姊姊給監禁 Play 的弟弟吧。

天黑。

我已經被監禁好幾個小時了。

二姊沒有來開門，附近沒有鄰居聽得見我的求救，沒有手機可以打電話報警、沒有窗戶可以供我逃生；我彷彿被整個世界隔絕，再也沒有人知道，我在臺北的某個破敗角落中的某棟破敗公寓中的某處破敗房間中。

我所認識的每一個人，也絕對沒有人會想到這裡。

不知道還要待多久，我翻開紙箱，發現二姊替我準備的水和食物，怨天尤人地坐在床上吃起來。俗話說，你不能抵抗命運，那你就要學會享受。

沒有錯，我居然在享受著可口到不行的芒果乾。

一股惆悵感突然襲來，我整個倒在床鋪上，連咬斷口中軟Q的芒果乾都沒辦法，不知不覺中沉沉睡去。

我作了一個夢。

夢裡，是我的結婚典禮，在一座外國的古典教堂，裡面滿滿都是觀禮的親朋好友。雖然我一直想不透，我哪來那麼多的親朋好友，不過當我從大門沿著紅地毯一直走到神父之前時，我終於瞭解為什麼會聚集了那麼多人來祝賀我結婚。

因為我的妻子……不，我的妻子們一共有十二位，大姊、二姊、三姊、四姊、五姊、小夢……這都不算奇怪，更神奇的是還有元希、于宣、小潔、阿紐、正熙、倩兒，這簡直是亂七八糟的一場夢。我在夢中都忍不住吐槽了，就知道有多離譜。

「少年，你怎麼知道這是夢，而不是唾手可得的事實呢？」七老八十的神父用滄桑的語氣問我。

我聳聳肩，不疾不徐地開口回答。

「能遇見一位我愛她、她愛我的女孩，就要消耗一輩子所累積的幸運了，何況是十二位？」

「你難道沒有坐擁後宮的夢想嗎？」

「一個姊姊就玩死我了，還開什麼後宮啊！」

我吐槽神父的同時，悠悠地醒過來。

然後看見三姊坐在床邊，眼眶泛紅地吻我的額頭。

「原來是夢中夢啊。」

「弟、弟弟……是醒著？」

三姊兩頰緋紅地縮起身子，慌張到不斷玩自己的鬢髮，眼神完全不敢直視我，像是做了什麼壞事被我逮到。

「妳怎麼知道我在這？」我伸個懶腰坐起，疲倦地問：「還有，現在幾點？」

「已經凌晨兩點了。」

「兩點了!?」

「嗯，四妹和五妹應該還在找你。」三姊頭疼地按按自己前額，埋怨道：「幾個小時前，二姊說撿到弟弟的手機，說你被匿名的學妹約出去，所以到現在都沒回家……」

「這二姊真的是……很白目。」

「五妹原本就有些擔心，一聽到之後就急瘋了；四妹本來還病懨懨地躺在床，沒想到一聽到你被匿名的學妹帶走，立刻就整裝待發說要去救你。」三姊苦笑道。

「……是嗎？」我低下頭，終於懂了二姊的意思。

「弟弟呀。」三姊輕撫我的臉，欣慰地說：「你都不知道姊姊們……有多擔心你。」

「我知道。」不過我還是討厭她們擔這些無意義的心，我握住三姊的手，問：「妳怎麼會跑到這來？」

「我太懂二姊了，就覺得事情一定不會這麼簡單，可是當下我很慌亂……唉，算了。反正當下我還沒察覺，是等到匿名的學妹送來第一封訊息，我才確定其中有鬼。於是我立即到大姊的車上，查看行車紀錄器，果然錄到了弟弟上車的畫面，再慢慢一直看下去，就知道你被二姊拐到……我之前的舊家了。」

三姊用說的感覺很容易，但是我光看她凌亂的髮絲和髒兮兮的布鞋，就知道其中一定很曲折。

「然後呢？」我撥順她的短髮。

「然後，我急急忙忙出門，不過我已經太久太久沒回到這，身上又沒帶太多錢，只好坐公車再換車……可是、可是我不太會認路，還不小心搭到桃園去，浪費很多很多的時間，才找到這裡。而且這裡變好多，沒多少路燈，陰陰暗暗……又、又有好多怪人……我很怕……所以走得特別慢……」

我將三姊擁入懷中，心疼地說：「謝謝妳，三姊，我們回家以後，一定要好好修理二姊。」

「嗯。」她把鼻子貼在我的頸邊，深深地吸了幾口氣。

「這一次要聯合四姊和五姊，不過……她們人呢？」

「我不知道，四妹和五妹是跟二姊……」

三姊話說到一半，房子的大門突然被猛烈撞開，很明顯是有人侵入的聲響。沒有給我太多考慮的時間，我趕緊站在床前，擋住三姊的身影。畢竟這附近龍蛇混雜，是誰闖進來我不能確定。

撞開門後，腳步聲一停，似乎正在探測環境，沒過多久一連串的腳步聲揚起，短短的距離內，我聽出不只一人朝我和三姊走來，很快的……

「龍龍！」

我還搞不清楚狀況，五姊已經推開房門，朝我全力地飛撲而來，整個人趴在我懷中。

二姊隨後出現，滿臉是「你看吧」的得意笑容。

四姊原本也想抱我，但不知道為什麼，前進幾步又悄然後退，撇過頭去像是不願意再看到我。

不，不太對……剛剛匆匆一瞥，四姊和五姊都不太一樣了。

我捧起五姊的臉，發現她的眼眶都是淚，臉頰滿是乾掉的淚痕，再除去疲倦、恍惚的表情外，她留了好幾年的長髮不見了，只剩下及耳的短髮。

再拉起四姊的手，讓她面對我。此時才看清楚，四姊的小臉上布滿塗鴉，身上的衣服也是亂七八糟，要是正常的她，怎麼可能願意讓自己變成這樣子？

幾個小時的時間，她們到底發生什麼慘事？

「匿名的學妹……沒對龍龍怎麼樣吧？」五姊泣聲問我。

我只能瞪二姊。

「有保住自己的處男之身嗎？蠢蟲弟弟……」四姊低聲問我。

我只能朝二姊翻白眼。

「妳們知道，這一切是誰搞的鬼嗎？」抱歉，二姊，我決定要揭穿妳的惡行。

「是、是誰？」五姊不解。

「笨蟲，就是匿名的學妹！」四姊不耐煩。

「錯了，把我關起來的是二姊啊！」我模仿金田一指出罪魁禍首。

二姊像個魔王仰首奸笑，雙手扠腰對我說。

「弟迪，現在總該知道，我的笨蛋妹妹們有多愛你了嗎？」

「……」我望向三姊、四姊和五姊的慘狀。

後來，我透過二姊、四姊、五姊的嘴巴，才終於瞭解她們幾個小時前究竟發生什麼事。為了救回被綁架的弟弟付出多少努力，讓自己受辱、讓自己狼狽都在所不惜，在臺北街頭上演一齣姊姊版的《即刻救援》。

對於她們的心意，身為一位弟弟，我心懷感激地收下了。

二姊將我鎖在自己舊家，立刻裝作什麼事都沒發生，獨自驅車回家。正常地休息、正常地看電視、正常地吃晚餐、正常地去玩自己的妹妹們。直到晚上十點鐘，五姊發現我失聯之後，一連串的計畫就悄悄啟動，巨大的惡魔黑影籠罩我天真可愛的四姊和五姊。

「出大事了！」二姊拿出我的手機，尖銳的驚呼聲響遍全家，「我找到弟迪的手機了，上面有他和匿名學妹的通訊紀錄，弟迪被約出去，所以到現在還沒回家。最近新聞很多未成年少女被網友誘拐出門，結果被性侵、被虐待，真的很慘啊！」

四姊和五姊完全上鉤，三姊則是半信半疑。不過我的手機裡真的有約匿名學妹見面的訊息，所以她也不得不相信我出事了。

「先報警！」五姊焦慮地喊。

二姊當然算準這點，連忙阻止道：「報警的話，一定要找監護人，大姊萬一知道，一定會過度緊張的。」

「不找大姊，我們先試著聯絡匿名學妹。」三姊相對冷靜。

「沒錯，我先聯絡看看。」二姊此時用我的手機傳送訊息。

當然，完全都是她在自導自演。用左手的手機，去回應右手的手機，身兼綁匪和受害者家屬，簡直是毫無破綻，唬得可憐的四姊和五姊一愣一愣。

「她回應了！」二姊將手機交給五姊去看，「果然是她搞的鬼，弟迪在她手上沒錯。」

因為自己的弟弟被外面的女人擄走，果然讓四姊和五姊忿忿不平，成功掉進二姊挖好的大洞，又氣又急，氣是氣我為什麼私自跑出去和匿名學妹見面，急是急我會不會有危險。

二姊假裝在使用自己的手機，實際上是用匿名學妹的臉書帳號不停送出訊息給五姊，也就是我的手機。

「等等，她又傳訊息來了，『十分鐘內到捷運站，否則公開李狂龍的裸照』，怎、怎麼辦？」五姊哭喪著臉。

「弟弟的裸照都是我的！不准她隨意公布！」真不愧是四姊吶。

「我們快走吧。」天生演員二姊已經整裝待發，當然不忘拖自己親生妹妹下水，「三妹，沒有時間了，快點出門吧。」

從自己房間走出來的三姊搖頭表示她不一起去。接下來她趁「即刻救弟團隊」出門，便搭電梯到地下停車場，在大姊車上拿到行車紀錄器，成功拆穿二姊的陰謀，前往尋找我（迷路）的路途。

即刻救弟團隊很快趕到捷運站，因為時間的關係，人已經不多，就連捷運也只剩末班車，冷氣顯得特別寒冷，氣氛亦特別冷清，月臺上甚至不到五個人。

二姊以複製貼上的方式送出訊息。

『妳們這群有戀弟情結的姊姊們，不知羞恥地想要占有狂龍學長，其罪必須受到懲罰。我要妳們在三分鐘內在公共留言板坦白意淫自己弟弟的罪行，然後拍照傳給我，否則我要和狂龍學長舌吻。』

「……意淫什麼的，我、我才沒有呢。」五姊惶恐地猛搖頭。

「她的舌頭只要敢碰到淫蟲弟弟的嘴，我就把淫蟲弟弟的舌頭割掉！」四姊激動地嚷嚷。

其實，我很想問，為什麼是割我的舌頭，難道我不是被綁架的受害者嗎？

二姊看著掛在牆上的大白板，上頭有很多旅客的留言，代表留言會有很多人看到。

「還是弟迪比較重要，個人恥辱該放在一旁。」正氣凜然的二姊率先拿起麥克筆，毫不猶豫地寫下。

『我在日本孤單無依的時候，都是靠弟迪的照片解決某些問題，李亞玲筆。』

我真的很佩服她的臉皮，尤其是我看見之後的存證照片。

五姊無奈地接過麥克筆，腦子裡大概都是在擔心我的安全吧，所以咬緊下唇，顫抖的手緩緩寫下——

『我會故意在弟弟面前換衣服，對不起，我是變態。』

承認自己是變態的同時，五姊已經羞到眼眶含淚，像是赤裸裸地在大街上狂奔一樣，我能體會她的恥意，不過我也想說——

原來妳都是故意的啊啊啊！

四姊接過筆，氣得直接摔到地上，然後再一腳踢飛出去，可是二姊和五姊焦急的模樣，產生一股無形的壓力讓她乖乖去撿回麥克筆，咬牙切齒地在白板寫字。

『我喜歡弟弟舔我的腳趾，可以了吧！』

五姊哀怨地拍下認證的照片，嘴裡偷偷抱怨四姊的怪癖，同時將照片傳送給匿名的學妹，喔不……其實是二姊才對。

當然二姊早就準備好，馬上將預存的訊息用隱祕的手法送出。

『很好，現在妳們搭上末班車，前往臺北車站，如果錯過了，就代表妳們放棄狂龍學長。』

姊姊們交換一個眼神，她們都不是笨蛋，就算是四姊都知道再這樣下去，只不過是讓匿名學妹予取予求，不過一時之間也想不出任何辦法。等到末班車抵達，她們還是乖乖地上車。

沒多久，臺北車站到了。

二姊再度送出預設好的訊息。

『找到第一五九七號的公共置物櫃。』

偌大的臺北車站，擁有不知道多少個公共置物櫃，二姊刻意不說，只是跟在自己妹妹的屁股後頭，眼見她們滿身是汗、嬌喘吁吁地像無頭蒼蠅般到處打轉，然後露出欣慰的淺笑。

我該說皇天不負苦心人嗎？

五姊終於找到一五九七號置物櫃，等到二姊和四姊跟來，二話不說打開，置物櫃並沒有上鎖，只不過是用雙面膠黏住，可以輕易地開啟，裡頭只有一張卡片和一盒彩色筆。

卡片上寫了——

『我討厭妳的美貌，馬上給我變醜，三分鐘內發認證的照片給我，否則我要帶狂龍同學遠走高飛。』

「什麼意思？」五姊不懂。

二姊正想為自己的設定解釋，四姊已經搶先一步，用五、六支顏色各異的彩色筆亂畫自己可愛又珍惜的臉蛋。

女生都愛漂亮，我的姊姊們都愛漂亮，四姊從小就跟二姊和大姊學習如何保養自己的臉；卻沒想到，為了省時間，她甚至沒研究顏料是不是洗得掉，就胡亂塗上，完全沒有猶豫。

「呃，好醜喔……那個姊姊怪怪的……哈哈……」路過的小孩指著四姊大笑，要知道這是臺北車站，不管任何時段都有很多旅客。

四姊強忍罵人的怒氣，沉聲對五姊說：「快點拍。」

雙胞胎之間，五姊捨不得四姊獨自被取笑，想拿起彩色筆，卻被四姊撥開。

「匿名的學妹是個笨蛋，又沒說多少人必須變醜。」

「四姊……」

「她根本是在小看我，小看我身為姊姊，所能付出的代價！」

「……我知道了。」

五姊不捨地拍下四姊那張亂七八糟的臉的照片，難過地送出照片給匿名的學妹。

沒過幾秒，就得到回應。

『現在，搭上計程車，到紫宇廟下車。』

二姊驚呼一聲，彷彿想起什麼，道：「我知道紫宇廟，是一間很偏僻的小廟。」

「二姊怎麼知道呢？」五姊狐疑地問。

「喔……這個嘛，是上次朋友帶我去拜拜，所以才有印象。」二姊乾笑幾聲。

「那走吧，蠢蟲弟弟不懂保護自己，在她手上越久就越危險。」四姊說完，已經朝臺北車站的大門前進。

接著，即刻救弟團隊再度出發，四姊甚至沒去盥洗室洗臉，只不過用衣袖抹個幾下，完全不在乎旁人投射來的目光。

即便有很多人說四姊和五姊是笨蛋，我想……大概也是全世界最疼我的笨蛋吧。

半夜的小廟，和墓地差不多陰森。

四姊很害怕，但是裝作什麼都不怕，低頭跟在真的什麼都不怕的五姊身後，彷彿試膽大會般，要完成某個未知的任務才能結束。不過可怕的地方在於，四姊不想玩，卻因為我的關係不得不玩。

一整排老松樹、一條無車無人無光的小路、一陣不知道是心理作用還是真的很低溫的陰風，迎接她們抵達目的地──侍奉著不知道哪位神祇的小廟。小廟已經被鐵門關上，可是從門縫中滲出的紅光恍若血色，驚得四姊不敢出聲。

匿名學妹的訊息如期傳來。

『紫宇廟之後，有一大片竹林，在竹林深處有一座涼亭。』

「……我、讓我去。」四姊整張小臉毫無血色，怕到說話都結巴。

「四姊，龍龍也是我弟弟，這次就讓我去吧。」五姊握起自己雙胞胎姊姊的手。

「笨、笨蛋！這裡是陰廟啊！」四姊想高聲大罵，但又不敢，「給我看清楚……這裡不是一般的地方……那陰險的學妹想害死我們。」

「陰廟也沒關係，我真的不怕。」五姊輕輕搖頭。

二姊趁機火上澆油，不安道：「不對，這裡跟我上次來的時候……差距好大……黑暗中好像有人在偷窺我們。」

「對、對呀……我也覺得有鬼……」

「是流浪貓，我剛剛有看到。」

能將一切合理變成不合理的四姊，和能將一切不合理變成合理的五姊，兩人完全是天與地的性格，但總是能得到妥協，一起生活十幾年，還感情十分融洽。就二姊後來轉述，她說這也是另類的奇蹟吧。

「那妳去，要是、要是真的遇到鬼……記得大聲叫我……我會立刻衝去救妳。」四姊抱抱自己的妹妹。

五姊笑笑地揮手，試圖讓姊姊們安心，二姊雖然事先已經勘查過，但深夜陰廟的詭異氣息，卻是烈陽高照時絕對感覺不出來的。不過，當她打算要跟去照料時，五姊卻已經消失在黑暗之中。

「鬼……應該都是好人吧。」二姊用唷學姊當例子，要是我在場絕對會狠狠吐槽。

還好，對五姊而言，陰氣環繞的竹林，就只是天黑的竹林而已，她並不會對視線之外的漆黑去做過多猜想。簡單來說，就是神經大條，粗到對周圍的變化沒有感覺。

全力跑進小徑，穿過一片又一片的竹林、穿過幾陣白霧和黑影，終於抵達荒廢已久的破敗涼亭。

涼亭中有一面缺角的石桌，石桌上有一張熟悉的卡片和剪刀。

五姊撫了撫自己起伏的胸口，調整呼吸之後，翻開二姊所準備的卡片。

『留下某個貼身私密物品在這，然後拍照給我，我會依妳犧牲的程度，給妳狂龍學長所在地的提示。』

「所以……所以就是，我越難過，妳就會給我弟弟越清楚的位置資訊吧。」五姊環視四周，對根本不存在的匿名學妹喊話。

一股涼風吹來，或者是陰風，我無法精準確認；但是根據二姊偷偷跟蹤，將親眼所見一五一十轉告我的描述，此時的五姊拉掉熊貓髮夾，讓秀麗的長髮隨風飄蕩在涼亭之中，令二姊的心臟一突。

「原本，是想說，五妹剪個內衣或內褲給我就算過關了。」這是二姊親口告訴我的話。

大概沒人猜得到，五姊連多考慮一秒鐘都沒有，直接束起留了好幾年的長髮，然後持剪刀從中間切斷。

髮絲隨著風飄散……化為無數根黑絲，紛飛於整片竹林之中。

「這樣夠了嗎？」五姊扔掉剪刀，拿起手機自拍，然後傳到二姊的手機中。

二姊擦擦眼眶裡的溼潤，轉身走回原來的路，把預設好的訊息傳給五姊。

『我承認妳們是真正喜歡狂龍學長，我永遠比不上妳們，地址在這，妳們快去找他吧。』

「太好了！」五姊鬆一口氣，捧著手機一路狂奔回紫宇廟前。

即刻救弟團隊的任務終於告一段落，二姊直接寫出舊家的地址，她們搭著計程車來找我。在車內二姊一直愧疚地撫摸五姊的短髮，想要道歉卻又怕前功盡棄，陷入左右為難之中，一張臉像是吃到她最討厭的苦瓜。

最後，已經是深夜。

我莫名其妙被匿名學妹綁架的事件終於落幕。

在二姊有意無意的指示下，四姊和五姊很快就找到被關起來的我。

因為時間太晚了，這裡比較偏僻，我們很乾脆地在二姊和三姊的舊家暫住一夜。

屋子不大，我睡在客廳沙發，四位姊姊們在房間內就寢，雖然是擁擠了些，不過大家沒有怨言，彷彿只要能好好休息就算是極大的恩惠了。

這一切還算是可喜可賀，我能看見四姊恢復正常的模樣，五姊也不再失魂落魄。即使二姊的方式有點過頭，但實際上效果非常好，好到有一點不太對勁……

我是該稱讚四姊和五姊隨遇而安的個性，還是該吐槽她們完全沒有危機意識？在陌生的環境中，她們好像是來校外教學。一大清早三姊就帶她們去買早餐，參觀這片和我們家完全不同氣氛的區域。

雖然三姊很小的時候就離開這裡，但她的記憶力過人，就算有些模糊，卻仍能講述過往在這間房子內發生的故事。

這也要歸功於二姊，把自己母親的房子維持得很好，相簿、信件、舊衣物、玩具都被保留下來。有的時候三姊說到一半，會突然凝滯片刻，然後揉揉眼睛繼續說下去，我想一定是某段記憶又觸碰到她心中某處柔軟的地方。

四姊和五姊倒是很新鮮，化身為考古學家，連牆壁的一道裂痕都要問三姊是不是有什麼由來，讓三姊莞爾一笑，連忙掰一個二姊不小心跌倒頭去撞牆的故事，給二姊一個施展性感帶探索的機會。

暑假的其中一天，我們姊弟五人就無所事事地吃喝拉撒睡。還好二姊準備的零食很多，夠她們消耗好幾個小時，至於我，沒吃沒喝就只是躺著。

難得的悠閒一直持續到午後。

二姊出門一趟剛剛回來，手上買了一套理髮用的器材。

「五妹來，我替妳修一修吧。」

「喔……謝謝二姊。」

放下手中的巧克力棒，五姊安然地坐在圓椅上，任由長短不一的髮絲在二姊的手中。

「真是小笨蛋，『她』說隨便留個東西就好，妳幹麼狠心地剪掉頭髮？」二姊趁機偷捏五姊的耳垂。

五姊喜孜孜地說：「找到龍龍最重要呀。」

「靠，我比妳還心疼妳的頭髮喔！」二姊罵歸罵，可是已經握住剪刀，開始小心翼翼地修剪髮尾。

「謝謝，二姊。」被害者五姊正對加害人道謝，表情真摯地說：「已經好幾年沒讓二姊剪過頭髮了，技巧一樣是好厲害。」

「哼哼，要不是我去日本讀書，現在說不定已經是某某知名髮藝設計師了。」

「二姊，好棒。」

「理髮費用三千萬，請給我。」

「不要嘛，我哪有錢。」

「快一點，三千萬，還有在我屁股後面排隊的三妹和四妹一樣也是三千萬。」

「沒錢，但是我想修修髮尾。」三姊很坦承想剪霸王頭。

「現在只有……只有三十元……可以嗎？二姊。」正在翻口袋的四姊說。

「沒錢？那妳們要用肉體抵債啊。」二姊很高傲。

我對頭髮沒興趣，可是對姊姊要怎麼用肉體還債很有興趣，索性縮起身體，整個人像條蟲，蜷曲在沙發上頭，一雙眼睛眨呀眨。四個姊姊的互動比什麼都有趣，慵懶的下午，就該浪費在無意義的事情中。

「怎麼抵呢？」五姊低聲問，同時欣喜自己的短髮變得很好看。

「讓我摸胸部。」二姊坦蕩蕩。

「那我？」三姊瞇起雙眼問。

「讓我摸屁股。」二姊坦蕩蕩。

「那我呢？」四姊撥撥自己的頭髮。

「四妹嘛……」二姊瞄了一眼，看看四姊的胸部和屁股，面露同情之色，最後搖搖頭道：「算了，妳免費。」

「喂！二姊！」獲得免費剪髮的四姊氣得直跺腳，直接衝過去攔腰抱住二姊，

「妳也可以摸我的胸部和屁股！」

「放過我的手吧。」

「不要，妳先摸看看，弟弟都說過很好摸了。」

「弟迪就太不挑食啊。」

「沒有，他很愛摸，不信妳問弟弟！」

「還沒發育完全的胸部也愛，弟迪，你難道是貧乳控嗎？」

「……」我的嘴巴張啊張，卻沒發出一個音。

「弟迪，敢摸還不敢承認喔？」二姊的剪刀還在發出咔咔咔的聲響，所以沒轉過頭來看我。

「龍龍……是怎麼了嗎？」五姊突然問。

咔咔咔的剪聲瞬間停歇。

我舔舐乾燥的嘴脣，勉強地搖搖頭，說：「不知道……我的頭有點暈，可能是昨晚太累。」

還在排隊的三姊離開隊伍，蹲到沙發旁邊，擔心地摸摸我的脖子，突然間皺起眉頭，提高音量說：「弟弟在發燒。」

「沒事……我只是太累而已。」我挪開三姊的手。

四姊的手也來了，五姊的手也來了，她們異口同聲地說：「是真的發燒了！」

二姊立刻放下剪刀，走到沙發邊，不知所措地凝視我，彷彿要我告訴她，這只是開玩笑，是真的沒有事。

「沒事，妳們別大驚小怪，讓我睡一會就好了……」我無力地淺笑，不知道笑容是不是能讓二姊放心。

「不准睡！」二姊一把拉開我手背上的包紮，馬上尖聲叫：「為什麼傷口變這麼嚴重？」

所有的姊姊都嚇傻了，就連我也露出茫然的表情。因為昨天救火時的小燙傷，現在已經整片潰爛發紅，以不可思議的速度惡化，我嚇一大跳。

三姊嚴肅地說：「這是傷口感染，細菌從小傷口入侵皮下組織，毒素會慢慢釋放，裡面就會開始發炎，再透過淋巴系統擴散到身體各處。妳們看，弟弟的傷口又紅又腫……已經很嚴重了，再拖下去，萬一引發骨髓炎，可能、可能會截肢……」

「截肢太誇張了，我只是……有點累而已，不要大驚小怪。」我再用原本的繃帶綁回去。

「不行，已經兩天沒換了！」五姊抓住我的手腕。

「那我去洗洗傷口……」我扶著沙發站起，搖搖晃晃地走了幾步，突然一步踏空，狼狽地摔在地面，痛覺瞬間傳來。

姊姊們同時尖叫，好像有人死掉。

「不小心跌倒，真的沒事……」我乾脆躺下，笑著對她們說。

「打電話叫救護車，快，點！」二姊緊緊咬著自己下脣，單薄的脣瓣滲出血絲，一張無時無刻都笑盈盈的臉毫無血色，比三姊還要蒼白。

「二姊，別太緊張……」我安慰道。

五姊拿出我的手機，但已經用了兩天沒充電，當然不能打電話。

四姊從二姊口袋中拿出用來偽裝成匿名學妹的手機，很不巧，一樣也是沒電了，畢竟誰也不會想到要帶充電器。

至於三姊、四姊、五姊都是匆忙出門，當然沒人有帶電話。

「算了，叫救護車太慢，我們直接搭計程車到醫院。」二姊蹲在我身邊，拉起我的手臂扛在肩膀上，試圖要將我抬起。

可是，我已經不是七歲的弟弟了。全家除了大姊之外，已經沒有人扛得動我，就算其他姊姊出力幫忙推也是一樣。二姊因為過度出力而顫抖，還是沒辦法讓我離開地面，直到二姊摔倒在我身上，她才終於認知這個事實。

「不行……這裡太偏僻了，要招到計程車需要走到大路邊，我們根本沒辦法。」總是冷靜的三姊分析，說明我們進退兩難。

「其實……傷口這種東西……是會自然痊癒的啊。」我一直保持皮笑肉不笑的笑容。

「龍……龍龍……」五姊忽然哽咽幾聲，雙手掩面啜泣，「我不要龍龍……少一隻手……我才不要……嗚嗚嗚……」

「五姊，我還沒死啊……」我疲倦地說。

「笨蟲弟弟……你、你根本就沒看到傷口，已經、已經整個爛掉了！」四姊又急又怒，在原地直踏步。

「妳們不要亂說！」二姊從我身上爬起，一直在我附近繞圈圈，嘴巴不停碎碎念，既猶豫又慌張，遲遲想不出方法可以帶我脫離困境。

「二姊，妳穿水藍色的內褲欸。」躺在地板的我希望透過痴漢式搞笑讓二姊緩和。卻沒有想到，因為這句話，二姊停下腳步，整個身軀都在發抖，像是在強忍某種即將潰堤而出的劇烈情緒，最後仍無法阻擋情緒的自然反應。

「你、你……你不要……不要在這種時候開玩笑……不要……嗚嗚嗚……都是我害的……都是我……」

二姊居然哭得像不滿五歲的小女孩，和一身性感的裝扮完全顛倒。

我趕緊彌補自己闖下的大禍，安撫道：「我很好……這個傷真的沒事，睡一覺就會好了，我保證。」

「你要是截肢，我就砍掉我的手……聽到沒，你只要敢有個三長兩短……我就去死！你聽到了喔，我就去死！混蛋！嗚嗚嗚……」二姊已經歇斯底里，雙手無意義地亂揮。

「其實……我只不過是燙傷而已，沒那麼嚴重……」我說到一半，她就沒給我說話的機會。

「閉嘴！弟迪閉嘴！你就是不聽我的話，什麼都不聽……根本就不知道，你對人家有多重要！根本就不知道，為了你，人家受多少委屈……」

「……什麼委屈？」

「弟迪閉嘴！閉嘴閉嘴！」二姊尖叫，雙手繃緊在胸前，全身上下都在顫抖，「我以前就已經對不起你一次了……如果、如果你真的又因為我有任何損傷，那我、那我豈不是愧疚到……永遠都得不到自由了嗎！混帳！」

「二姊，妳永遠都是自由的……」

「就說閉嘴了！」二姊氣到不管我的死活，直接跨坐在我的腰，滿臉都是眼淚，雙手緊緊按住我的嘴巴，「我自由個鬼……看見你傻乎乎的模樣，我就不自由了！」

三姊、四姊、五姊站成一排，呈現呆若木雞的狀態，完全沒想過要來救我。害我雙手扶住二姊的腰和屁股，以免她激動到摔下來。

「弟迪聽我說！」

我的雙眼立刻聚焦在二姊梨花帶雨的臉蛋。

「姊姊有什麼不好，你就隨便選一個啊！」

「……」

二姊用力壓住我的嘴，同時，也壓住我的鼻子。漸漸的，我發現自己無法舒暢的呼吸，直到滿臉漲紅，呈現缺氧過久的現象。坦白說，任何人來看都一樣，這是姊姊正在殺害弟弟的行凶現場啊啊啊啊！

「唔……唔唔唔……唔唔，唔唔。」我……要缺氧……救我，快點。

根本沒人聽得懂啊啊啊啊啊！

我手腳一軟，攤平在地板，準備收看這十七年來的人生回顧。

連考慮都不用考慮，我就已經確定這是一起全宇宙最荒唐的弒弟事件。讓我想到熊貓保育員在小熊貓出生之際，都要和母熊貓進行隔離，就是怕牠一不小心壓死小熊貓。而我居然面對相似的下場，活生生快被悶死。

二姊大概是發現我不對勁，終於鬆開按在我臉上的手，整個人趴在我的胸口痛哭失聲，應該是認知到剛剛差點錯手殺人的事實了。

她用只有我能聽見的音量說：「還給我健健康康的弟迪……拜託你……」

我的肺彷彿因懇求而重獲力量，大口大口呼吸，氧氣再度進到我的體內，我也不管和三姊的約定了，直接拆開黏在手背上的「假傷口」，露出裡頭接近癒合的真傷口。

二姊愣愣地握住我的手，端詳著真傷口，總是狡詐的瞳孔此刻盡是迷惘。

「是妳整了三姊、四姊、五姊，所以她們趁買早餐的時候去買了一些材料，透過四姊的手藝和化妝技巧，才弄出一個假傷。」抱歉，我要先發制人。

因為二姊迷惘的瞳孔已經逐漸清澈，取而代之的是某種陰狠啊！

「是弟弟提議的，我只是總策劃而已。」三姊，總策劃就是主謀了啊！

「我才不懂弟弟在說什麼呢，呵呵……我是魔術社的嘛，假傷口什麼的，我根本沒玩過唷。」四姊，妳之前才吹噓魔術社等於無所不能社啊！

「二姊，是因為龍龍氣妳冒充匿名學妹整我們，所以才用惡作劇的方式讓妳擔心一下下，不要怪他嘛。」五姊，就妳捅的這刀最深啊！

「一下下？我只是擔心一下下？」二姊擦掉眼淚，屁股重重地坐在我的大腿，揪住我的衣領前後晃動，「死沒良心的弟迪！」

「是她們被妳整太多次，所以才聯合起來整妳，我只不過是道具而已……對，我只是道具啊。」

「我費盡心思要讓妹妹們打起精神，她們才不會整我！」二姊還在晃我的頭。

「……我是真的感謝二姊。」五姊神情有些黯然，卻仍強顏歡笑地說：「讓我知道，就算我跟龍龍有血緣關係，但至少，我還是龍龍的姊姊。」

四姊也撇過頭，故意看向窗外，說：「二姊讓我明白，低能蟲弟弟沒我不行啊，我才、我才休息一陣子，果然就被拐走了。」

靜靜聽完，三姊只是微笑，身為主謀的她沒發表意見。

「你看，妹妹們都感謝我，就只有你恨我！」二姊沒打算放過我，還是揪住我的衣領前後搖晃，我都快身首分離了。

「我是無辜的……冤枉啊……」我無助地吶喊。

「說！你要怎麼賠我？」

「賠、賠什麼鬼？」

「剛剛因為擔心你，所流出的眼淚和鼻涕啊！」

「等我感冒的時候再還妳鼻涕吧。」

「不，我現在就要，你給我用口水抵！」

二姊突然猛力一拉，巧妙地側過頭，一個精準的角度，我和她的鼻子沒有撞在一塊，兩人的脣穩穩地吻在一塊。她是個說到做到的女人，所以完全不管其他姊姊在場，就用舌頭撬開我的牙齒，很深……很深的一個吻，我從未經歷過的那種。

我失了神，忘記要推開她。

美妙的時間不知道過了多久，在我們厚重的喘息中，二姊終於滿足，彼此的脣分開，還有一條透明的水絲相連，好色情，這就是成年人的世界嗎？

「這就是沒血緣關係的好處啊……好吃。」二姊意猶未盡地舔脣。

「笨蛋二姊！」三姊已經從後架住親生姊姊的脖子。

「笨蛋弟弟！」四姊直接朝我的頭部飛踢。

「笨蛋龍龍！」五姊尖叫。

不管是二姊整三姊、四姊、五姊，還是三姊、四姊、五姊一起整二姊——

唯一的受害者，是我。

第四條　弟弟對姊姊只能大聲說是

最初，當我發現充電器時，就感到怪怪的。

再來，當我發現更多零食飲料進駐，就覺得不太妙。

最後，當五姊已經拿抹布在擦窗、拿拖把在拖地時……

「我們該不會是要搬到這裡住吧！」

我一喊。

二姊正在用筆電上網。

三姊在我旁邊讀書。

四姊吃著剛補回來的點心。

所有姊姊停下動作。

就算她們正在做的事不同，一起對我投射「這裡很好呀」的眼神卻完全相同。

「各位姊姊們，我們還有暑期輔導課要上。」我嚴肅地說：「這裡離學校太遠，萬一遲到怎麼辦？」

「弟迪別裝作一副乖學生的模樣，噁。」

「不趁大姊出國蹺課，難道要等她回家嗎？蠢蛋蟲弟弟！」

「可是，這裡有好多地方可以打掃喔……龍龍。」

「難得回來，我想待久一點。」

她們默契甚佳地一同抹殺我的意見，即便我的意見才是合乎乖學生的典範。

「能在二姊跟三姊的老家住幾天當然很好，不過這裡地處偏僻，生活機能不太方便，離最近的公車站都要走二十幾分鐘，所以……我認為還是回家吧。」我侃侃而談。

「不要。」二姊用兩個字，否決。

「二姊，這附近都是空屋，平時有不良少年跟遊民在亂晃，對女生而言很不安全吧。」我意有所指，提出姊姊們的安危顧慮。

「晚上不要出門就好了。」二姊這次用九個字，否決。

「身為被大姊所期待的學生，我們應該要聽大姊的話，從暑假開始就該奮發向上。況且大姊隨時有可能回家，要是大姊沒看見我們，大姊一定會很緊張，然後發現我們躲在這偷懶，大姊就會很生氣，難道妳們真的打算忤逆大姊嗎？」

七個「大姊」齊發，我就不信不肖姊姊們不乖。

「可是，她不在，就是我最大啊。」二姊雙手抱胸，驕傲地橫我一眼。

「……」李家沒李皇玲還是不行啊。

「要不然，我們用民主的方式投票。」二姊高舉起右手，朗聲道：「想再住幾天的人舉手，喔，一共四票，弟迪還是洗洗睡吧。」

「……」這就是民主被濫用的最佳實例。

「好吧、好吧，我知道弟迪是太無聊了，我們應該陪他玩遊戲，這樣他才不會吵吵鬧鬧。」

「……」我中計了嗎？

一聽到「遊戲」兩個字，五姊放下拖把、四姊放下點心、三姊放下書，用狼的眼神瞄準快成為羊的我，不妙的氣氛開始擴散，我必須冷靜下來，思考要如何躲過遊戲此劫，平平安安回到我真正的家。

「這裡什麼都沒有，是能玩什麼遊戲嘛？」我決心力挽狂瀾。

「喔，剛好這裡有一副撲克牌。」二姊從口袋裡拿出來。

「妳根本就是預謀好的啊！」我指著已經在鋪地毯的四姊和準備飲料的五姊，大喊：「妳們不要這麼積極好嗎！」

「真是身在福中不知福，沒兄弟姊妹的人可憐到連玩象棋都沒辦法，弟迪有這麼多姊姊陪你玩，還不知道要感謝我們。」

不久後，她們已經繞個圈圈坐在地上，留下一個缺口就是要讓我坐進去。此時我不得不說這就是身為弟弟的悲哀，當所有姊姊下定決心要幹一件蠢事，受到某種基因上的制約，我不知不覺就會去服從。

「真可怕……」說完，我已經填滿那個缺口。

號稱「大姊不在我最大」的二姊蓄勢待發，把洗好的撲克牌橫抹在地毯，開口說：「這個遊戲叫做『是，你說得沒錯』，兩個人一組，互相攻訐。被語言攻擊的人，一定要說『是，你說得沒錯』，然後發言反擊，如果生氣的話就輸了。」

「這是什麼怪遊戲。」我抱怨。

「這是一個考驗人性及忍耐度的遊戲，最終的勝利者可以決定輸家的懲罰內容。」

二姊率先抽出一張黑桃Q，「我們用抽牌的方式決定順序吧，由大小排列。」

我抽到方塊七，順序在中間。因為有五個人的關係，抽到黑桃Q的二姊最大，所以成為種子隊伍，無條件晉級到下一輪，目前抽到最小的是三姊和四姊，我和五姊次之。

所以首先是三姊和四姊的對戰，四姊的梅花四比三姊的愛心三還大，所以她有先進攻的權力。

「先說好，這只是遊戲，誰都不能事後記仇喔。」二姊提醒，想必她已經預見會有一場腥風血雨。

「我很可愛，超級超級可愛。」四姊一開始就自肥。

「是，妳說得沒錯。」三姊準備進攻，「聽弟弟說，妳是個蠢蟲。」

「……」四姊瞪我一眼，勉強道：「是，妳說得沒錯，聽弟弟說，妳只會讀書，其他都不會。」

「是，妳說得沒錯，不過弟弟最討厭整天只會罵他是蟲的妳了。」三姊連眼皮都沒抬。

「……是，妳說得沒錯，但是弟弟討厭我就討厭啊，倒是三姊沒有弟弟就不行了吧？」四姊的視線假如能化成刀，我已經千瘡百孔了。

「是，妳說得沒錯，我有很大的部分在依賴弟弟，不過也比四妹傲嬌的性格好多了。」

三姊用傲嬌當作武器攻擊，四姊氣到雙手緊握，猙獰地說：「是，妳說得沒錯，如果我是傲嬌的話，三姊就是個弟控！」

此話一出，全場壓力劇增，無言了整整三秒鐘，壓迫了整整三秒鐘。

「是……妳說得……沒錯……不過，四妹，還偷偷藏一張弟弟裸照在枕頭下的妳，沒資格說我吧。」

明明三姊就快吞不下去了，但她仍忍住放出致命的一擊。

「是……是……不……是，妳說得……對對、對……個屁啦！」四姊倒在地上滾動尖叫，看來已經分出勝負，「我頂多就是放一張在手機裡面紀念，枕頭下面怎麼可能有智缺蟲弟弟的裸照，不要隨便亂講！我又不是變態！」

「這回合是三妹險勝，不過……」二姊頗有興致地說：「四妹，放手機內就能隨時拿出來看欸，好變態的感覺喔。」

滾到一半的四姊突然停止，然後整個人呈現當機的模樣。她這次自爆，大概連腦袋都炸壞了吧。

我沒時間同情她，下一回就是我和五姊的對決，我一定要贏，絕不接受失敗者的懲罰。

五姊的牌比我大，所以是她先攻。

「龍龍常常偷看色色影片，這是不好的。」

「是，妳說得沒錯，不過五姊常常看熊貓的紀錄片，裡面動物交配，妳也是看得意猶未盡啊。」

「是，你說得沒錯……不過、不過我覺得……熊貓比較可愛，所以……」

用熊貓當作武器成功打擊到五姊，見她一雙手搓到要破皮，整張臉紅通通的，都能夠證明只要我持續下去就能獲得勝利。我不能讓她有反應的機會，所以決定趁勝追擊下去。

「這犯規了吧？怎麼能反駁我說的話？」

我讓二姊主持公道，五姊委屈地鼓起雙頰，雙手發洩式地捏自己的裙襬，我露出勝利的笑容。她臉皮太薄，根本無法在比無恥的遊戲中獲勝，二姊的遊戲就要進入二姊的思維，無賴才是獲勝的唯一訣竅。

果不其然，二姊給五姊一張黃卡；強調本遊戲是訓練人的抗壓性，對於言語攻擊只能咬牙接下，伺機找機會反擊，所以五姊再犯規一次就是紅卡出局。

「所以，五姊，妳應該要認同健康的男生都會觀看色色的影片，這是正常的現象，不應該去向大姊打小報告。」呵呵，這遊戲真好玩。

「……是、是的，你說得沒錯，但是龍龍看的影片都很奇怪。」

「是，妳說得沒錯，奇怪歸奇怪，可是波多野醬是一名偉大傑出的演員，妳不能汙衊她的功績。」

「是，你說得沒錯，不過我上次看到其中有一片叫**《與姊姊的不倫接觸，就在姊夫去上班的午後》**，這難道不奇怪嗎……龍龍？」

「……」

四位姊姊的四道視線同時定焦在我身上，我雙手開始拉扯自己的頭髮，莫名其妙沁出的冷汗打溼我的背。我試圖要解釋自己絕對不是會趁姊夫不在家就去勾引姊姊的弟弟……可是，我在遊戲中啊！

「真是噁心、變態、醜陋！」四姊冷冷開口。

「……我不喜歡這樣的弟弟。」三姊側過頭不願意看我。

「哎呀，早知道弟迪愛看這種類型……我就該多買幾片回來。」二姊幸災樂禍地奸笑。

但是我不能解釋，我不能輸，不管面對多艱困的困境，我都要堅持到底，最終獲得勝利……不要想輸，要想怎麼贏！

「是，妳說……妳說得……」對，我還能忍，我撐得住！

「還有一部叫做《姊姊與弟弟的禁斷性教育》，難道龍龍是真的需要我教……」五姊還沒說完。

我已然崩潰。

「閉嘴啊啊啊啊！妳說的統統都是鬼扯啊啊啊啊啊！」

扯斷幾根頭髮，仰天咆哮出我的委屈，無論如何，我都無法承認這種罪啊啊啊啊啊啊啊！

「妳們根本不懂，我是以一個收藏家的心態，去收藏有關波多野醬的作品，無論她拍的類型多少，我都照收不誤，根本就不是因為我喜歡看姊弟亂●啊啊啊啊啊啊啊！」

我的頭皮痛到讓我步上四姊的後塵，在地板上瘋狂打滾。

二姊一個手勢判定五姊獲勝。目前剩餘的參賽者就只有二姊、三姊、五姊，她們再抽一次撲克牌，結果五姊抽到愛心Q最大直接晉級冠軍賽，二姊則和三姊要分出勝負。

親生姊妹要如何互相攻擊呢？我忘記頭皮的痛苦，拭目以待。

兩姊妹面無表情，盤腿端坐，互相點頭致意，先禮後兵。隨後，她們之間開始瀰漫一股煙硝味，我坐在三姊左手邊，聞得特別清楚，而且越來越濃……

「二姊，妳不良的好色習性實在不應該繼續汙染妹妹和弟弟了。」三姊正攻。

「是，妳說得沒錯，不過為了人類永續發展，女性對男生求愛是很正常的事，難道三妹性冷感嗎？」二姊沒有閃躲，面對面還擊。

聽到「性冷感」三個字，三姊卡了幾秒，才緩緩道：「是，妳說得沒錯，但是女生應該要更矜持，只對喜愛的男生展現風情，而二姊的言行會讓外人以為我們李家的女生都很色。」

「是，妳說得沒錯，話說回來，三妹常常對弟弟展現女人的風情吧。」

「……是，妳、妳說得沒錯……我是個很尊重弟弟的姊姊，跟妳不一樣。」

好快，二姊的攻擊已經出現效果，三姊目前的五官僵化，彷彿塗上一層厚厚的水泥。然而可悲的是，水泥根本沒有防禦效果，這場比賽的戰況開始傾斜，因為二姊還沒有放過她。

「是，妳說得沒錯，三妹是很尊重弟弟的姊姊，相對的，也希望弟弟不要碰到妳吧。」

「…………我、不是……不，我…………是，妳說得沒錯，可是二姊、二姊，妳才是……」糟糕，三姊快要壞掉了，說話開始結巴。

「是，妳說得沒錯，三妹心中弟弟就跟外面的男人一樣，是真的很公平公正的姊姊吧。」二姊邪魅地輕笑，顯然胸有成竹。

戰得正激烈，三姊突然緊緊抓住我的褲頭，側過臉看向我，不安地說：「弟弟，讓我抱一下……」

「現在？」我迷糊了，「我讓妳抱？」

「快點！」

「喔。」

三姊將我拉入懷中，把我整顆頭擁在胸前，用非常怪異的抱姿，越抱越緊、越抱越深，彷彿用光所有力氣，要和我融為一體。頓時，我的五官都快喪失功能，視線漆黑、呼吸困難，連耳朵都只是模糊地聽到三姊在吶喊。

於是，我終於懂了，三姊並不想讓我聽到她接下來要說的話──

「不一樣，弟弟和所有男生都不一樣！不許妳用外面的爛男人羞辱弟弟！」

「三妹，別激動嘛，還是先放開弟弟，以免把他悶死。」

「對、對不起。」

三姊驚覺失態，放開抱著我的手，不捨地摸摸我的頭髮，擔心我會不會窒息。

目前的態勢很清楚，沒有人可以阻擋二姊，這爛遊戲的勝利者已經沒有懸念，雖然五姊也晉級到冠軍戰，可是二姊以一句「聽說我們家附近開了一間專賣熊貓毛皮的服飾店，過幾天五妹和我一起去選購好嗎」，明明就是沒打過草稿的爛謊，不過五姊依然痛苦地大喊：「不要，我最最最最最痛恨賣這種服飾的店！如果敢賣熊貓毛皮，我就一把火燒光它！」

二姊果然知道弟弟和妹妹們的罩門，根本三兩下就擊潰我們，這是一場不公平的比試！

因為二姊玩的不是遊戲，而是可憐的弟與妹啊！

當今晚的晚餐是吃火鍋，我心生不妙。

因為二姊和三姊的舊家已經連電磁爐都有了，再過幾天，電視和光纖網路出現也不會讓我感到錯愕。

吃完晚餐，姊姊們聚在一起閒聊，我離她們大概五步路的距離。雖然雙手攤開一張報紙，雙眼卻是注視著她們，觀察她們的一顰一笑、一舉一動，赫然，我發現了……

四個姊姊要分成兩個部分來看。先說二姊和三姊，她們對此處有濃濃的眷戀，猶如離鄉許久的遊子，能夠回到家生活，但她們又不認為這裡是能長住的地方，有點像是過年時分返鄉的人潮般，也許在臺北已經有新的家庭，不過總要找個時間回鄉，滿足一種虛無卻又烙印在體內深處的思念。

再來說四姊和五姊，此地對她們而言是全然陌生，絕對沒有什麼情感上的問題。可是她們卻因為「和姊姊們待一起很舒服」的感覺，毫無異議地乖乖待下，這難道是某種群居動物的本能嗎？其實我不清楚。

既然妳們喜歡，那就住一陣子也沒關係。

我在領悟之後，便再也沒開口催促她們回家。

該是睡覺時間，二姊當然不會忘記行使勝利者的權力。在所有姊姊都換上睡衣準備熄燈時，她緩緩開口了……

「今天人家心情不錯，就不惡整你們了。」

「謝姊隆恩。」

我一口氣都還沒鬆完，二姊掃視我跟四姊之後說：「失敗者們，今天就命令你們只能穿內衣和內褲睡在客廳，成為蚊子的飼料，以免蚊子打擾到我睡覺。」

我和四姊看了眼沙發，好小一塊，怎麼塞兩個人？

「衣服拿來吧。」二姊伸出手。

沒辦法了，願賭服輸向來是李家重要的價值觀之一。所以我和四姊再不情願，也得乖乖把衣服脫掉，然後上繳給打哈欠的二姊。說真的，她已經手下留情了，不然依過往的經驗猜測，我和四姊應該是要全裸餵蚊。

「晚安。」二姊把客廳的燈關掉，帶領晉級到第二輪的妹妹進房去。

這灰暗又不算大的空間中，就只剩下一對姊弟……喔不，是只剩下一對蚊子飼料在面面相覷。

「弟弟睡沙發吧，我睡地板。」四姊拉拉白色內衣的肩帶，拖著薄被真打算睡地板。

這是要海水倒灌、颶風來襲、天地異變了嗎？四姊沒讓我睡廁所就很不錯了，竟然還讓我睡沙發？我好害怕。

「我們一起……一起睡沙發吧，擠一點應該還好吧？四姊？」我試探地問。

「不要，誰教我們是姊弟。」四姊悶聲道。

「就是感情好的姊弟才睡一塊啊。」

「不要。」

「四姊……」

「不要再說了。」

「嗯……那妳睡吧。」

難得四姊對我釋出善意，我卻高興不起來。躺在沙發上，我即便閉緊雙眼，仍沒有半點睡意，耳邊總是傳來蚊子的嗡嗡聲，更讓我難以入眠。透過窗外灑入的些許月光，我也看見四姊在扭動身子，不知道是在躲蚊子還是在抓癢。

我搖搖頭，爬起來，鑽進四姊的薄被裡。

「幹麼？」

「我還是想陪妳睡。」

四姊想趕我回沙發，不過我的腳跨在她的大腿上，手也輕輕地環抱住她，彷彿一件人肉棉被，徹底蓋住四姊絕大部分。

「這樣蚊子就會先叮我，四姊快睡吧。」我在她耳邊悄悄說。

「對我那麼好幹麼？我們只是姊弟而已。」四姊輕微地掙扎，輕微到沒什麼效果。

「好啦，快點睡吧。」我的手掌抹下她的眼皮。

四姊哼了聲，縮縮身子，更往我這邊靠，她背的弧線恰好和我的肚子與下腹服貼，我們姊弟倆側躺在略帶冷意的地板，呈ㄍ字型入眠。

「弟弟……你知道我有個願望嗎？」四姊幽幽道。

「幫助闇魂血族一統人類世界嗎？」我嬉笑。

「那是以前的願望了，我最新的願望是……變出全世界最偉大的魔術。」

「妳一定辦得到的。」

「不，我辦不到了。」

「我的四姊可不是輕言放棄的人啊。」

「是因為弟弟不知道全世界最偉大的魔術是什麼，才會講出這種不知天高地厚的話。」

「我就魔術白痴呀。」

「你猜猜看。」

「移動自由女神像？臺北到高雄的瞬間移動？把自己的頭砍下來？」

「不愧是低能蟲，統統答錯。」

猜半天都錯誤，我意興闌珊地打一個哈欠，四姊立刻用手肘敲我的肚子。

「聽清楚了，全世界最偉大的魔術，就是媽媽懷孕生出小寶寶，無中生有誕生一條靈魂……你不覺得很感人嗎？不覺得心臟被撼動了嗎？而且只有年輕的女魔術師辦得到，是我們的獨家戲法喔。」

「四姊，我們還是睡了吧。」

當她又進入某種神經剝落的狀態時，只有逃避才是上策。

不過，我讓四姊枕的手臂，突然感到冰冷、溼潤。

「我應該永遠變不出這個魔術了……永遠不行了……」

「四姊，妳還年輕啊，不要擔心能不能生的問題，尤其是不要跟自己弟弟討論生小孩的事吧……」不知道為什麼，我的嘴裡傳來一股酸澀，迫使我講出言不由衷的話語，「妳也才十八歲，還有二十年的時間能夠尋找陪妳完成這個偉大魔術的……男人。」

「不是弟弟的，我才不要！」

「別說出這種犯法的話啊！」

「算了……反正我從小到大，就不是個運氣很好的人……」

四姊用我的手臂當毛巾，蹭了蹭把眼淚擦去。雖然沒親眼看見她哭泣的樣子，但是我們相處超過十年，我光是用想像的就能知道她有多難過。

我開始感謝二姊，能設計一套闖關遊戲，讓四姊和五姊可以暫時脫離自怨自艾的情緒。甚至我對搬來這裡住也很感謝，能夠暫時脫離我們一起成長的家。

如果宇宙主宰能送我一個願望。

那我一定會誠摯地許下心願——

「我希望，我沒有血緣意義上的姊姊。」

只可惜，這個世界，並沒有宇宙主宰。

夜深。

和四姊聊了幾句，卻沒想到換我睡不著。寂靜的客廳，除去偶爾從外頭傳來的醉漢吵架咒罵聲，以及呼嘯而過的機車行駛聲，四姊輕輕的鼾音讓我感到莫名的安詳。

「有妳們在，我是不是就不該跟宇宙主宰許願，這樣太貪婪了，對吧，四姊？」

我在她耳邊輕語，用薄被包裹好，緩緩抱起四姊，往房間內走去。

躺在硬邦邦的地板，明天必定會腰痠背痛，瘦弱的四姊不應該受這種苦。

房間內，三姊、二姊、五姊並排熟睡，雖然三個人睡一張雙人床已經很擠了，但是四姊的身形嬌小，我還是能找一個空隙把她塞進去，擠歸擠，也總比地板好吧。

我替所有姊姊蓋好薄被，躡手躡腳地走出房間，當我用最慢的速度關上房門……

剎那間。

一陣強風吹來。

我看向左手邊，大門的位子，發現門是……開著。

為什麼呢？

我依然迷迷糊糊，手還插在四角內褲中抓自己屁股。

再下個剎那。

我抓癢的手停了，從屁股傳來的冷意兵分二路，沿我的手和脊椎上竄，猛烈衝擊我的大腦。

因為我看見……

鬼。

很熟悉的鬼，就跟這間老房子帶給我的熟悉一樣。

但是鬼的身上掛著二姊跟五姊的包包，手上還提著我家的筆記型電腦。

所以是賊，戴上破損鬼面具的賊。

他在看我。

我在看他。

我站在房門前沒有任何動作。

而他卻緩緩放下筆記型電腦，透過鬼面雙眼鏤空之處，我看見他的憤怒……我看見他的惡意……

於是，他從腰間拔出一抹冷光。

無聲無息地朝我衝過來。

我們差距十步。

很快剩下五步。

我的雙腳想跑，但是我的腦袋不准。

剩下三步之遙。

全身上下只有四角內褲的我揮出一拳。

最終。

我和鬼再無距離。

眨眼之間，打一個照面。

我跟他的身形相仿，年紀恐怕也差不多。

唯二的差別，就是我手上沒有刀。

以及。

我不能逃的信念。

無論如何，我都得擋在房門前。

鬼走了。

在慌張之間，他還是記得要拿走筆記型電腦。

二姊的包包被竊走也罷，不過五姊可是財務大臣，所有的錢和提款卡都在她那邊，我們明早可能連計程車錢都沒有。

我坐在房門前，背靠在房門板，慶幸地吐出一口濁氣。

還好姊姊們都沒事，就算我們被搜括一通，但是姊姊們平安最重要。

我用沾滿血的手，擦拭額間不斷滲出的冷汗，疼痛讓我接近暈眩，不管我多用力壓住肚子上的刀傷，仍無法阻止我屁股下的鮮血擴散。

不過，就算我全身都在發抖，還是連哼都沒哼一聲。

要是吵醒她們就不妙了……萬一、萬一讓姊姊們撞見現在的模樣，一定會留下什麼陰影。所以我必須思考，要用什麼婉轉的方式……平緩……平、平緩地叫醒她們，可是我的、我的思緒漸漸無法集中……

眼、眼皮變得好沉重。

已經凌晨三點多……我累也是正常的吧……是吧？

那我就睡一會……稍微休息一下下……

然後，半夢半醒中……

我已經分不出是作夢還是單純的回憶，開始重播我一直掛在嘴上的遇鬼事件。

在我很小的時候，半夜曾經去上廁所，結果遇到一個青面獠牙的鬼，然後就很乾脆地暈了過去，從此造成我異常怕鬼的毛病。

對，照理來講，遇鬼事件就這樣結束了。

但是當我再度遇見鬼，或者該說是戴著鬼面具的人，原本塵封在我腦海深層的記憶漸漸浮出水面。

在我小時候遇見的是搶匪，根本就不是鬼。

是巧合嗎？他們的面具造型不一樣，我甚至已經記不得第一次遇見的搶匪，是戴面具還是戴用來掩飾真面目的頭套，反正，這早就化為象徵恐懼的圖騰，深深烙印在我的潛意識當中。所以說我怕鬼，倒不如說是怕被傷害的一種反射。

原本不記得了，但此時此地此景，外加上被捅了一刀，也不知道是不是死前的人生重播，我居然想起來當時所發生的事。

半夜，我起床上廁所，遇見小偷行竊，我還以為是鬼，尖叫之餘還尿得一褲子都是。二姊是第一個衝出房間的人，可是她當時也是小孩子，見到我被小偷……喔不，他拿刀挾持我後就算是搶匪了，所以二姊看到搶匪，比我還要害怕，二話不說關上房門。

上鎖的清脆「喀」一聲，好清晰，小小的我其實知道，二姊並不打算救我。

後來是大姊和搶匪談了許久，詳細的過程我不清楚了，反正最後是三贏收場。綁匪拿著錢離開，我雖然嚇傻但平安無事，大姊也是喜極而泣。

要怪也要怪我太笨，姊姊們怕我受到二次傷害，所以決定口徑一致，說好是大姊、四姊惡作劇扮鬼嚇我，久而久之，我被洗腦成功，就以為這是事實。

難怪，二姊對我總是帶著一份愧疚。

她是在為自己曾經見死不救而後悔。

可是二姊……妳沒有欠我，妳本來就不必為我犧牲。

為什麼妳要為不存在的義務來怪罪自己？

在罵四姊和五姊是笨蛋的同時，妳也是個笨蛋啊，二姊。

漸漸，我已經分不出現在是作夢還是靈魂出竅，但如果我有機會再遇見二姊，我一定要親口告訴她……

「為了這點小事內疚，妳早就喪失談論自由的資格了。」

我張開雙眼，光芒刺目。

鼻子裡竄來的都是消毒水的味道，除了有些痠軟以外，身體並沒有任何不適。

當意識恢復，很快的，我就知道自己身處醫院當中，而且健健康康沒有問題。

當眼睛習慣光亮，我就看到五姊正在床邊觀察我，確認我醒過來之後，便欣喜地握住我的手。

「龍龍醒了！」

「……我睡多久？」

「二十幾個小時……」

「其他姊姊沒事吧？」

「她們去吃晚餐。」

「妳怎麼沒去吃？」

「我請三姊替我買了。」

還好，姊姊們都沒問題，小偷果然很有職業道德，該偷的東西偷一偷、該滅口的人證滅一滅之後就閃人，沒有多加害無辜的人。況且我傷得也不算重，目前四肢都能正常移動，沒有殘廢的疑慮。

倒是五姊短髮凌亂、氣色又差，一副就是從未睡過的模樣，還將我的手緊緊抱在胸前，深怕我隨時會斷氣似的。

「我的傷口？」

「醫生說，只是傷到腹部側面，內臟都沒問題喔。」

「那我怎麼睡這麼久？」

「醫生替你縫傷口時有上麻醉，就怕你半途痛醒，反而讓傷口更嚴重。」

「所以就是小傷嘛。」我擦擦五姊眼尾乾掉的淚痕，「那妳哭什麼？」

「才不是小傷！你流那麼多血！」

「還好吧。」

「什麼還好？二姊早上一開門，看見一灘血直接就昏倒了欸……啊，二姊說絕對不能講的……對不起……我、我不是故意的。」

「她的反應也太扯了。」

「那是龍龍沒看見四姊的反應……我們就只有三姊臉色發白地打電話叫救護車，其他人都……很沒用。」

「那妳呢？」我苦笑著擰擰鼻子。

五姊鼓起雙頰道：「我、我就只會哭啊……」

「大姊不知道吧？」

「還不知道，因為沒人敢打電話。」

「千萬別打，一點小傷而已，真的不用大驚小怪。」

「嗯。」

五姊應了聲，從病床旁的櫃子中拿出幾罐很像飲料的物品，小心翼翼地打開後，插入吸管移到我嘴邊。

「這是營養品，龍龍多喝一點。」

「這麼好，不是很貴嗎？」

「反正……反正是別人送的，大姊給我的緊急備用金根本還沒用到。」

「誰那麼好？」

「鄰居。」

「鄰居？」

「因為我昨天回家拿姊姊和你的換洗衣物，可能、可能是我太激動的關係……所以就有鄰居把錢放在白色的信封袋……偷偷塞在我的口袋裡。」

「……該不會是奠儀吧，拜託，我還沒死欸。」

「我、我也不知道。」

五姊很委屈地搖搖頭，但我知道事情絕對不是她講得那樣簡單。千萬別被五姊人畜無害的外貌所騙，她越無辜的時候，往往闖的禍越大。

「五姊，妳說『太激動』是什麼意思？」

「就是哭呀……」

「啜泣？」

「更激動……一點。」

「痛哭？」

「再激動一點……」

「椎心泣血、肝腸寸斷？」

「快接近了……」

「如喪考妣，一踏進社區就崩潰大喊，『我的弟弟被壞蛋殺掉了，我該怎麼辦』，還順便跌倒兩次，有如孝女白琴，再加上五子哭墳，將整個社區化成我的告別式？」

五姊羞愧地垂下頭，居然給我默認了！害我的腦細胞當場慘死百分之五十，好險這裡是醫院，要是我腦中風的話可以就近治療。

「沒有姊姊阻止妳嗎……」

「我、我不敢講。」

「為了符合鄰居的期待，我應該去死一死。」

「對不起嘛，當時我以為龍龍會死掉。」

「記得把錢還給鄰居。」

「好嘛……」

在五姊不甘願的「好嘛」當中，我慢慢闔上眼皮，偷偷地彎起嘴角，慶幸自己沒事，還能和五姊爭執、還能看五姊委屈的樣子，深刻體會到活著真好。

隨後，二姊、三姊、四姊吃完晚餐歸來，免不了又上演一齣李狂龍家祭儀式。因為太狗血的關係，我像是不耐煩的觀眾，一而再、再而三保證我活得好好的，不到九十歲絕對不輕易死掉，她們才收起哭聲，接受我其實沒事的事實。

「對了，刺傷我的小偷呢？」我一問，彷彿點燃了姊姊們的引線。

她們七嘴八舌地告訴我小偷有多可惡。可是我在隻字片語當中，卻聽出奇怪之處：小偷和我年紀相仿，是一名慣竊，因為第一次偷東西被人發現，所以才惡向膽邊生地出手滅口。

和我年紀差不多的人，不去上暑期輔導而是闖空門，已經算是很悲傷的事，但更悲傷的事是——小偷還是一位少女。

所以她戴著鬼面具除了有蒙面的效果外，還有壯膽的功能。只可惜在二姊舊家的區域，她已經前科累累，一下子就被警察逮到。原本偷偷東西外加未成年，根本不會有什麼懲罰，然而這次持刀傷人，恐怕很難善了。

我有點同情。

醫生說，我的傷口沒有問題，只是失血過多，還是得住院幾天觀察。

姊姊們在我的堅持下，決定從我醒來的當天晚上開始恢復正常生活。二姊回大學去打工、四姊和五姊回聖德上暑期輔導，倒是三姊比較沒事，所以就由她在醫院陪我過夜。

只是我沒料到，扣掉我昏迷的時間不算，我才在醫院待上十個小時左右，就已經非常想要回家。關於這點，五姊真不愧是我的親姊姊，討厭醫院的基因，我們姊弟都有。

姑且不論病房內的床難睡、空氣難聞、燈太陰暗、空調太冷，光是我看見三姊要睡在家屬專用的躺椅，就覺得很捨不得。

「三姊，我們換位置睡吧。」

「別發神經了，弟弟。」

「是真的，病床太軟，我睡不習慣，還是躺椅比較適合我。」

三姊無奈地坐在我的床邊，沒好氣地說：「別以為我是笨蛋，會看不出來弟弟在想什麼。」

沒辦法，要騙她實在太難了。所以我只能換個方式，哀怨地說：「病房的空調好冷喔，三姊能陪我睡嗎？」

果然，這招非常有效。三姊紅著臉，猶豫幾秒，便鑽進我的被窩，依偎在我的懷中。雖然我身上穿著墨綠色的病人服，三姊則是穿著寬鬆的運動服，不過我們倆緊貼在一塊，體溫在棉被內傳遞。

「弟弟……很壞，空調太冷，不是只要去調就好了嗎？」三姊嗅著我胸口的味道，卻又不甘心自己上鉤的窘境。

「和三姊一起才暖啊。」

「無賴的弟弟……」

「讓我無賴一下又不會怎樣，妳還是快睡吧。」

「不要，等我睡著，弟弟一定會偷偷跑去躺椅睡，讓我一個人睡在病床。」

不得不說，我的一舉一動都被三姊看穿，要瞞過她真的比登天還要困難。單人床塞進我們姊弟，當然變得很擠，她和我沒有任何睡意，只能無聊地瞪著有些泛黃的天花板。

「弟弟在想什麼呢？」三姊忽然問。

「沒事。」我在想為什麼最近常常在哄自己的姊姊睡覺。

「弟弟還有跟……那個小夢聯絡嗎？」

「自從被二姊囚禁後就沒有了。」

奇怪，三姊怎麼會問我這個問題？

「我知道二姊的想法，所以能體會她的做法。縱使對我沒有用。」

「三姊，我已經脫離妳的思考模式了，簡單來說就是聽不懂。」

「對我真正有用的，是那個壞人傷害你。」她依舊自顧自地言語，彷彿根本不是在對我說話，「那天早晨，當我看見你的模樣……我就懂了，是真的懂了。」

「……懂什麼？」我不解。

三姊像是在腦袋裡重新勾勒出我被捅一刀的畫面，臉色逐漸蒼白，瘦弱的身子輕顫，雙手死死握住，咬著下唇，讓水潤的唇瓣再無血色。然而她的雙眸內不是恐懼，而是一種突如其來的堅定。

我很少看見三姊露出這樣的表情。

「平時姊妹們都在，所以我沒機會告訴你……」

「告訴我？」

「我想永遠聞弟弟的味道，永遠和你在一起。」

「……」

「我說的永遠是指，我們交往、我們結婚、我們有孩子、我們變老、我們看著孫子長大，最後我們一起死去的那種永遠！」

「三姊，我們是……」

「我們沒有血緣關係。」三姊激動到眼眶內都是淚水，和臉頰上的淚形胎記呼應，彷彿什麼都不管了，只想將堆積在心裡的話一股腦統統倒給我。

「就算我們是真的姊弟，我也照樣喜歡弟弟，不管外人怎麼看我，我就是喜歡你！」

「……」我嚇尿了，真的。

我們之間突然陷入寂靜，猶如核子彈爆炸過後的一片廢墟。

醫院裡靜得好可怕，可怕到我只能破壞病房內的無聲。

「三姊……」

「我不要聽！除了『好』以外的答案我都不要聽！」三姊一個翻身，順勢拉走整個被子，進入繭的狀態。

「不是，三姊，妳聽我……」

「不要！」

從繭中伸出一隻白嫩的手按住我的嘴巴。

「……等等，三姊，給我說一句話的機會，拜託。」

「弟弟想說什麼？我好不容易體會到，李玄玲的人生沒有李狂龍不行，結果你想要打擊我對不對？你還是比較喜歡年輕又可愛的小夢對不對？」三姊急促地說出一大串，「你一定要知道，接下來你說出的話，是會、是會影響到我一輩子的。」

「三姊，我想尿尿。」

「……」

「是真的，我要尿出來了。」

「……」

「那我先去廁所……」

「我李玄玲……一生中，唯一一次的告白，弟弟竟然用尿遁……應付我？」

「誤會，我是真的需要……」

「這比拒絕還傷人！」

「我對天發誓，是膀胱真的要破了。」

「我不信！弟弟當場尿給我看！」

「要求駁回。」

我掀開棉被，坐在床邊，雙腳剛放在冰涼的地面，一抬頭看見衣櫃上有一面鏡子，裡頭的我……整張臉都是紅色，燙到快要冒煙似的，好像熟透的番茄，已經煮到要爛掉的地步。

第一次發現，原來人的內心想法和生理反應是可以完全脫節。

我是處於亢奮的狀態嗎？

對自己姊姊的告白感到激動，我還能算是正常的弟弟嗎？

趁三姊還窩在床上，我必須趕快逃進廁所內冷靜冷靜。

但遺憾的是，可能是因為躺太久的關係，我雙腳剛使力要站起，腦袋裡一陣暈眩襲來。我一個踉蹌，隨即用手撐在床緣，好險沒有狼狽地摔倒，不過腹部的傷口傳來劇痛，馬上蓋過原本的暈眩，充斥於我的體內。

「弟弟，還好嗎？」三姊已經下床扶住我。

「還好，是地板太滑。」我慘笑，痛到額問冒汗。

「你不要再出力了，要不然傷口會裂開。」

「我走到廁所就行，三步路而已。」

「不行，我抱你去。」

三姊認真的模樣讓我想笑。她抱我去顯然是不可能的事，但我的左手臂繞過三姊的後頸與瘦弱的肩，雖然短短三步路的過程中，都是靠我的雙腿支撐，不過她努力要扛起我的表情，意外的——好可愛。

我們姊弟倆搖搖晃晃終於順利走到馬桶面前，任務圓滿達成，真是可喜可賀。

等等，三姊顯然沒有離開廁所的意思。

「萬一再出力，傷口會更嚴重的……」

「妳想幹麼？」

「……男性的排泄器官，只不過是海綿體、筋膜和皮膚所組成，簡單來說就是一塊肉而已，所以不用害怕，是塊肉，真的只是一塊肉。」

「妳在說什麼鬼？」

三姊的肩膀一縮，深深地吐出一口氣，像是準備好要上戰場，鼓起勇氣拉下我的褲襠，要知道，病人服是不穿內褲的……

「喂！」

「弟弟別動，一切都交給我……反正，我閉上眼睛了。」

「妳閉上眼睛沒用啊！重點是快放開手！」

「你別動。」

「是妳別動啊啊啊啊！」

「護士辦得到，代表我也辦得到。」

「現在不是證明自己的時刻吧，絕對不是吧!?」

原本我還有機會阻止三姊，不過當我從驚嚇中回過神來，要害已經被她掌握，此刻，我反而不敢亂動。

「軟軟的……比想像中……討喜一點。」

「別在男生面前說軟軟的啊啊啊啊啊！」

「弟弟，快點尿吧……我的勇氣，支撐不了多久。」三姊的尾音在發顫，好像扶著什麼生化毒物。

「我尿不出來啊。」

「我就知道……」三姊語氣一寒，手一緊，「弟弟是在騙我。」

我一陣激靈，害怕地說：「……請讓我死，宇宙主宰。」

看來宇宙主宰並沒有聽見我的悲願，最後是我乾脆坐在馬桶上，像女生一樣，用欲哭無淚的表情尿完。三姊恢復神智，知道我沒有說謊以後，才羞澀地跑出廁所，遠遠地對我說抱歉。

可是心理的創傷已經造成，說再多抱歉也沒有用。

我宛若被閹割的狗，全身乏力地回到病床，就連肚子的傷口都不痛了。

「弟弟，怎麼了……」

「我身心受挫。」

「我是女生都不介意，你、你應該更大方一點，把我當成護士就好。」

「妳臉都紅到要滴血了，還說不介意？」

聽到我戳破謊言，三姊慌張地甩過頭，心虛到不敢看我。

我只好把床頭的一盞燈關掉，精疲力盡地鑽進棉被內，打算假裝睡覺來避免尷尬。雖然眼睛緊閉，耳朵卻是全力收音，要探知三姊的動向。

唉……畢竟三姊和二姊不一樣，很注重男女之防，剛剛一下子尺度太重，不知道她能不能負荷。

萬一精神衝擊過度，明天其他姊姊就會發現異常，二姊至少會取笑我整整十年吧，我猜。

嗯，還好，三姊停止發呆，開始有動作。

她大概和我想的一樣，打算當作什麼事都沒發生，所以也鑽進我的被窩內，打算把時間拉回到我們躺在一起說話的時候。

給病人使用的棉被特別大件，三姊從床尾爬進來，良久還沒辦法躺好。

依然在棉被裡的三姊突然問：「弟弟，還在生氣嗎？」

如果要避免剛剛的慘劇再度發生，那我就必須板起臉孔，冷冷地說：「當然生氣，我都快成年了，總是要有隱私吧。」

「對不起……」三姊歉然道。

「快休息吧，明天還……」

我的話說到一半，三姊忽然探出棉被之外，我躺著、她跪著，我們四目相接，透過天花板上僅剩的小夜燈，我能夠很清楚地看見。

三姊是全裸的。

全身上下沒有一片布料存在，只有棉被半掩。

「可以……原諒我嗎？弟弟。」

這句話開啟了我體內深處的某個開關。我突然發現，我是她的弟弟，同時也是健康的男性。

彼此互視了一秒鐘吧，大概，反正我已經沒有時間概念了。

光是眼神的一個短短交流，都給我一種準備前往新世界的感受，耳邊似乎已經響起遊戲升級的獨特音效，周圍都泛出轉職時慶賀的七彩光芒。

我沒有說話，用極緩的速度，將棉被輕輕拉上。在被窩中，我毫無隔閡地感受到三姊所散發的高溫，而高溫所蒸出的濃烈香味，是我從未在她身上聞過，也沒在其他姊姊身上聞過。

這個味道，叫「媚惑」。
應最原始的欲望而生。

第五條　大姊是家中至高無上的ＧＯＤ

我睡得很淺，昨晚大概只睡一、兩個小時左右。

從窗戶射入的陽光讓我醒了過來，三姊已經不在我身邊，原本她睡的位子只有一張紙條，上面用雅致的字跡寫著「早安，我去買早餐了」。甜蜜的滋味莫名其妙在體內四處亂竄，害我窘迫地將紙條塞進枕頭內。

我開始懷疑昨晚的一切是不是夢，趕緊拉開褲襠看看，確定沒任何意外發生。偷偷鬆一口氣之後，混亂感立即攻來，是虛幻還是現實的渺小誤差，讓我遲遲無法確認其中距離。

先假設昨晚發生的事為真。

那我確實突破一道我從未想過的大門，和姊姊們一起生活好幾年，從有記憶開始，就是姊姊們在照顧我，但是我卻在不知不覺中忽略一件很嚴重的事實……

姊姊也是女人啊！

不不不不不不……只有二姊和三姊才算，大姊、四姊、五姊是絕對不能有這種想法。或許四姊沒拿出ＤＮＡ鑑定報告之前，我有嘗試想像過，但科學已經證明我們的關係，縱使我莫名覺得遺憾，可是把她們當女人的念頭不能再出現。

話說回三姊，再假設她和我沒關係，只不過是一般的同學好了。在我眼中李玄玲太夢幻，已經屬於不能搭話的對象，要是在走廊遇見她，我會自動自發地讓到一旁，目視著無比動人的倩影走過，然後繼續思考有哪幾位女生才是適合我告白的對象。

即便殘酷，不過人有等級之分，三姊就是屬於我永遠高攀不起的等級吶。

萬一，昨晚非夢，那我要面臨的是更大的問題⋯⋯

該怎麼面對三姊？

「弟弟，醒了？」說三姊，三姊到，她推開病房的門進來。

表情很正常，四肢動作都很協調，身上的衣服還是昨晚那件灰色的襯衫與及膝的百褶裙。果然沒錯，一切都是夢，三姊還是三姊，我們之間的關係和以前一樣堅定。

她把裝有早餐的塑膠袋放在床頭邊的櫃子上，專注地拿出裡頭的飯糰和豆漿，隨意地問：「弟弟還好嗎？」

我放下心中一塊大石，僥倖地回答：「我很好，原本還在困惑昨晚我們是不是發生什麼怪事，結果應該是夢，呵呵。」

三姊的手一抖，飯糰筆直地落在地面，還彈了兩下，發出啪啪的聲響。

竟然都是真的啊啊啊啊啊啊啊！

所有的細節我都記得一清二楚，果然不可能是夢嗎！

「抱歉……三姊……」

「我不喜歡弟弟跟我道歉，尤其、尤其是……在這種時候。」

「我應該沒……不對……是應該……」我已經語無倫次。

「我要弟弟的答案，你不准再讓我整顆心一直七上八下了。」三姊撿起飯糰，把另一個沒掉地上的給我。

我還不知道該怎麼回應。

但宇宙主宰卻出手救我一把——同一時間病房的門再度打開。

「蠢蟲弟弟到底還要偷懶多久！」四姊領著五姊以及她們手上的早餐一起登場。

「醫生說我今天就有機會出院，明、後天就可以回去上課了。」我對自己的癒合能力很有自信。

「龍龍，來喝雞湯吧。」五姊嫻淑地打開保溫瓶，倒出四杯香氣四溢、極度濃醇的雞之菁華。

一場充滿溫馨的早餐會就在醫院的病房一角舉行，姊姊們自顧自地說話，看似沒任何交集，卻總是能夠搭上線。當五姊在說家裡竟然出現蟑螂，三姊正在點頭說雞湯好喝，四姊則是在用吸管戳我的腳底板，看我會不會殘廢。

她們有自己的頻率，身為弟弟，我只要靜靜地聆聽，然後趕緊把早餐吃掉就好。

三姊已經吃完飯糰和雞湯，從躺椅上站起來，開始收拾垃圾塑膠袋和殘餘四分之一沒喝完的豆漿。

「三姊先回去休息吧。」五姊還咬著三明治，口齒略有不清地說：「等等二姊會來，大概待到我和四姊放學，就輪到我們照顧龍龍，而妳大概晚上九點來接我們的班。」

其實我想說，即便她們都不來也無所謂，我自己一個人沒問題，醫生很有可能今天就會讓我回家。不過每次她們說話，我都很難插嘴，像現在，四姊就搶先說了。

「三姊，顧大夜班會不會太累？要我來照顧這條蟲嗎？」

「我可以，妳們白天有暑輔，晚上要好好睡覺。」

「好的，不過三姊，這條淫蟲弟弟在晚上要是敢對妳動手動腳，記得馬上打電話給我喔。」四姊開玩笑地說。

三姊的雙手一抖，沒喝完的豆漿墜落在地面。

您的手部肌肉是有什麼問題嗎？我敬愛的三姊啊！

四姊和五姊立刻感覺到不對勁。

「沒、沒事的，弟弟和我之間沒發生什麼事……」三姊雙手捧在胸前，一副就是很有事的模樣。

我眼前的雙胞胎姊妹，水亮圓滾的大眼在我跟三姊身上遊走，似乎是想直接穿透我們的肉身直達靈魂，看見我們昨晚到底在幹什麼。

氣氛逐漸壓抑，就在外頭一片晴朗的早晨中。

三姊曖昧地給我一個眼神，我竟然完全明白其中的含意，接著她為了掩飾臉上不尋常的紅暈而低下頭，再慢慢挪動腳步，二話不說離開我們相處一夜的病房。

對，就這樣給我中離了，遺留下可憐的我獨自面對疑心大作的姊姊們。

甫關上門，四姊立刻撲過來，我雖然能夠穩穩抱住，傷口卻隱隱作痛。

「色蟲弟弟，你竟然敢對三姊下手！」

「……」

「我只不過是一個晚上沒盯緊你，居然、居然就犯罪了？」

「……」

「身為你的姊姊，我絕對不允許這種事發生！你聽到沒有？」

「……」

「說話啊！快點！」

「……」姑且不管在咬我肩膀的四姊，我抬起頭正好看見五姊在揉眼睛。

「四姊……龍龍喜歡誰是他的自由，妳就別咬他了……」

「笨蛋五妹！大姊說過弟弟永遠不准交女朋友！」

「可是，三姊是個……是個……很棒的女生。」

「不管！我還是不准！」

「四姊，別忘記，我和妳……是龍龍的親姊姊，所以、所以……我們就當作不知道吧。」

五姊仰起頭，我不知道她仰起頭的原因是什麼，或許是防止眼淚落下吧，反正我不管，我不能接受四姊和五姊莫名其妙的難過或是生氣。

「我和三姊什麼事都沒發生，和平時一樣。」

「騙人，我才不信！」

「四姊，我保證。」

我捧起四姊的小臉，讓她和我之間的距離瞬間縮小到短短五公分，因為我要讓她確認問心無愧的雙眼是長什麼樣子。

當我感受到四姊的屑息異常急促，她立刻撇開頭，一把將我推開，像是碰到髒東西一樣，也不想想是她先撲過來的。

「哼，這、這次就相信你。」

「……我也相信龍龍。」

「不要隨便懷疑我啦。」

對不起，我說謊了，不，也不全然算說謊，我是利用文字的漏洞去閃躲她們的

問題，我很卑鄙，對不起，我不知道為什麼不敢說出真話。

昨晚，我的理智的確是差一點潰堤，縱使我於最後一秒鐘恢復神智，在無法挽回之前停止。但即便我什麼都沒做，可是內心已經跨越了那條禁忌的紅線。

我看待三姊，已經不是看待姊姊那樣單純了。

抱歉，我是一個變態。

請暫時不要跟我說話。

對我來說，三姊到底是個怎樣的存在？

這個問題對於剛剛才被醫生判定不能出院的我來說非常吃力。不過在四姊和五姊去上課的空檔，沒其他人的病房內，又很適合思考這個問題，然後想出一個很慎重的答案。

三姊對我來說，一直是扮演溫柔老師的角色，每當我有什麼不懂，會去問她；每當我闖禍，會去問她，都能得到最佳的解答。所以我也就習慣問三姊問題，卻沒想到有一天，三姊也會問我問題，還是極度難回答的那種。

四姊喜歡我，這我知道，但是ＤＮＡ鑑定報告註定我們之間只能是姊弟。至於三姊則不同，要不是爸爸接手她們、大姊收留她們，我、二姊、三姊根本就是陌生人，即便相識、戀愛、結婚也沒有什麼不妥。

不過有大姊在，讓我裹足不前了。

這真的是該出現在一名高中男生腦袋內的問題嗎？

好險大姊還在國外，讓我有時間……

「咦？」

思緒突然被打斷，因為有人推開病房的門。

率先進來的人，卻是我此時最不希望看見的人。

「弟弟，還好嗎？」

「大姊……」

妳難道有任意門嗎？我住院到現在還不到四十個小時，大姊已經坐在我的病床邊，不捨地用冰冷的手撫摸我的臉頰。

隨後，有一男一女也跟著進入我的病房內，是我不認識的人。

「Boss，現在又收到一封信，妳突然飛回臺灣，對方正在抱怨，還有兩個問題需要諮詢妳的意見。」抱著平板電腦的女助理看起來很緊張。

「關門，出去。」大姊面無表情地擺擺手，「沒有任何問題比我弟弟重要。」

「萬一，對方說我們違約……」女助理還想提醒。

「出去，別讓我講第三次。」大姊還是面無表情，一旁的男助理已經拉著女助理離開。

「大姊，真的沒必要這樣。」我掀開病人服，暴露出貼有紗布的傷口，「只不過是一丁點小傷，不用特地飛回臺灣。」

她冷酷的眼眸中滿溢著不捨，用指尖劃過我傷口旁的肌膚，徐徐地說：「我還沒聽到弟弟說自己沒事。」

「我沒事啊。」

「嗯，我總是要親耳聽到才能放心。」

雖然是這樣說，大姊的表情卻完全沒有放心的模樣。她身上穿著一件貼身的連身裙，不少閃閃發亮的裝飾點綴，甚至還有一點低胸，這一看就知道是參加宴會的正式穿著。不過飛回臺灣要快二十個小時，她不可能穿這樣搭飛機，所以她是先換好衣服，待會還有地方要去吧？

「妳不用在這陪我，去忙自己的事吧。」

「沒事了，今天一整天我都沒事。」

「……是嗎？」

「等等浴室借我用。」大姊脫下黑皮紅底的高跟鞋，難掩疲倦地垂下肩膀，「我一接到電話就馬上訂機票回臺灣，當時我還在招商的宴會上跟一些老頭講解呢……」

「妳就為了我一點小傷，扔下工作飛回臺灣？」我難以置信。

「要是刀子再深一點呢？要是刀子再內側一點呢？」大姊捏捏我的耳朵，不滿地說：「這怎麼算是小傷。」

「問題是沒有就是沒有。」

「不要跟我爭執這種問題。」

大姊冷冷地說，我才驚覺剛從外國回來的大姊很不一樣，我卻說不出個所以然來，沒辦法精確的描述。不過她的五官似乎沒有動過，始終維持在同一個表情，或者該說是根本沒有表情吧。

生氣有發怒的表情、難過有沮喪的表情、歡喜有快樂的表情，見我沒事應該也要有鬆一口氣的表情才對，可是大姊沒有，徹徹底底的毫無表情。

可能是身體太累的關係，尤其是劇烈的時差影響吧，我猜。

「妳有衣服嗎？不然先穿我的？」大姊應該先去洗個澡。

「晚一點。」她的屁股還是坐在床邊，但是身子前傾，伸手拿起我放在枕頭旁的手機，「借我打一通電話。」

借手機當然是沒問題，問題是為什麼用我的手機，大姊認識的人我又沒號碼，難道是打給她認識、我也認識的人嗎？

還在猜測，病房外竟然響起鈴聲，而且還是二姊的手機鈴聲。

沒過幾秒，二姊就推開病房的門，笑吟吟地說話。

「這麼想我喔？急色弟弟，姊姊不是來……咦？」二姊手中提著大包小包的零食，看動作擺明就是要直撲我的病床，可是硬生生踩了煞車。

她一見到大姊，立刻收起所有笑容，筆直地站在房門邊，像是被罰站的小學生。

「大姊……」

「為什麼我打給妳的電話都不接？」

頓時，大姊身上釋出強大的壓力。二姊頓了頓，扔掉所有零食，雙手捏住自己兩邊的耳垂，一副作賊心虛的模樣。

「人家不敢接……」

「二妹，為什麼不敢接？」

「怕、怕妳會生氣嘛。」

「嗯，所以妳立刻回家把行李裝好，晚上八點半前趕到機場去。」

「……為什麼？」二姊顫聲問。

「在妳畢業之前，我都不要再看到妳。」

大姊連看都沒看二姊一眼，語氣冷得讓人害怕。

二姊噘起嘴，想哭，但是又不甘心哭，胸口上下起伏，似乎想多吸收點氧氣，能讓自己覺得好受一點。

「沒聽到我說話嗎？」

「我才不要！」

「……」

「人家又不是故意害弟迪受傷的，凶手又不是我，為什麼妳統統要怪在我頭上。」

「當初，爸爸說，妳的母親同意賣掉房子，把錢用來養妳和三妹長大，我拒絕了。因為那間房子對妳而言是和親人唯一的聯繫，我不會輕易把妳的記憶賣掉，所以我把鑰匙交給妳。只有一個條件，就是不要常去，因為那個區域的治安太糟，會有很多的麻煩。」

「不會……我在那裡長大的……真的不至於……」

「結果，妳不聽我的話就算了，竟然還帶弟弟跟妹妹去。」

「……對不起，大姊，我真的沒想到。」

「二妹，在日本乖乖讀書吧。」

說到這裡，大姊依然沒看二姊一眼，而一向天不怕、地不怕的二姊終究還是怕了。她皺起鼻子，宣告強忍不哭的行動失敗，淚水一顆一顆滑落，可是沒有發出任何聲音，倔強地不願意跟大姊示弱。

不過，我卻看得一清二楚。

「大姊，其實是我想多留幾天，跟二姊沒半點關係……」我趕緊打圓場，到畢業之前都不准回家的懲罰太重了。

忽然我的手被緊緊握住，大姊的臉色極度蒼白，握住我的手卻很無力。我已經分不出她是太過生氣，還是太捨不得，又或者是兩者都有。

這段時間，二姊焦急地直跺步。因為她知道，離畢業還有一段時間，原本暑假、寒假、某些連假能夠回臺灣，現在如果被禁止，那就會有好長好長的日子無法見面了。

二姊顯然不能接受，但又不能不接受，彷彿掛在懸崖邊的人，明知道不能放手，卻也只能眼睜睜看手中的藤蔓漸漸斷裂。

我一直以為二姊是極端的自由主義者，離開家對她應該是無所謂才對，然而她雙眼投射來的求救訊號，讓我驚覺不對勁，卻不知道原因。

我反握住大姊的手，求情道：「我受傷和二姊無關，真正的凶手已經在警察局了，過幾天我還要去做筆錄。」

大姊還是沒有說話，只是愣愣地凝視我包紮過的傷口。

「現在去機場根本買不到飛日本的機票，大姊……先不要趕我。」二姊嚷嚷著。

「機票，我已經替妳買好了，還有……回家收拾行李時，不要驚動到妹妹們。」

大姊是完全狠下心。

「為什麼要生氣成這樣，我以前不管闖多少禍，妳還不是都原諒我……為什麼這次會不一樣……太不公平了！」

「就算是妹妹，也不准把我的家人置入險境。」

聽到大姊說出這句話，原本還想有無轉圜餘地的二姊緩緩低下頭，終於明白這次和以前不同，不是耍賴和撒嬌就能抵過。就連我也沒置喙的地方，即便是下跪求情，大姊也不可能回心轉意。

二姊原先還有好多話想說，可是最後統統化成一聲嘆息。她沒有說再見，用袖子擦乾淚水後逕自走出病房，留下一地的零食和點心。

大姊看來是真的累壞了。

告知助理可以下班，再洗了一個澡，拿我的衣褲去穿後，就縮起身子在家屬專用的躺椅上睡著。平穩而緩慢的鼾聲，證明她睡得很熟。我拿棉被蓋住她的肚子，並且把幾根卡在臉上的髮絲撥開，過程中大姊都沒醒。

今夜就要這樣結束之前，我毅然決然離開大姊、離開病房、離開醫院。

這次，是大姊反應太過度了。二姊孤零零一人飛去日本，我沒道理不去送她一程。

怕時間不足，我難得奢侈一次，直接搭計程車前往機場。

透過車窗，今夜的風特別冷，不知道是因為我身體虛弱才產生的錯覺，還是天氣真的變了。總之我到達飛機場，已經開始後悔沒多穿一件衣服，在偌大的航廈中，冷氣更涼，我更冷。

尋找飛往日本的班機，我看著不斷更新的螢幕，腦袋裡卻覺得不太對。從遙遠的國家飛回臺灣，不可能是臨時起意或是巧合，那大姊怎麼會知道我受傷？還幾乎是在第一時間買到機票返臺？

是有人告訴大姊嗎？為什麼要這樣做？

一時之間沒有答案，但我的雙腳可沒有休息，一路上穿過許多外國遊客和準備出國的旅行團，花了不少時間。終於，我還是在二姊登機之前找到了她。

果然我想得沒錯，大姊說八點半到機場，不代表是八點半的班機，這中間還有登記、候機的時間，還好我沒放棄。

二姊身上還是那套荷葉領的雪紡上衣以及短裙，腳邊是帶滾輪的硬殼行李箱。她原本哀愁地坐在四周無人的長椅上，一見到我來，立刻委屈地抿起脣，雙眸又氾濫成災。

我走到她面前，我站，她坐，這高度恰好讓二姊的臉能靠在我的肚子上，讓我能輕輕撫摸綠黑交雜的長髮。

「大姊是氣話，今年過年，她還是會讓妳回家。」過年就是寒假，也是半年後的事了，我不免感到遺憾。

「……以後，只有我孤單一人了。」聽到二姊悲傷的語氣，我心頭一緊，實在很捨不得自己姊姊講出這種話。

「大不了，我去打工，趁假日飛去日本找妳。」不違背大姊，只剩這個辦法了。

「我只是……只是想跟親人待在一塊，難道……錯了嗎？」

「妳沒錯，我一定會想到辦法讓大姊消氣。」

「不要……我已經想到辦法，只是要弟迪幫我……」

「什麼辦法，快說呀。」

「現在跟我去廁所一趟。」

「幹麼？」

「讓我受孕。」

「……」

「沒有親人在日本陪我，我只好自行生產啊！」

「妳根本在裝哭吧！」我推開二姊。

果然，她對我扮一個鬼臉，搞到我哭笑不得，無力地坐在她右邊無人的空位，承認我一輩子都會被她耍弄於掌心，就跟孫悟空遇到釋迦牟尼佛一樣，只能乖乖被封於五指山中。

「弟迪，你知道什麼是『最極致的自由』嗎？」二姊靠在椅背，兩隻腳伸直，整個人放鬆。

「沒人知道妳那套古怪的自由論好嗎？」我模仿她的姿勢，希望放鬆一會。

「最極致的自由就是被愛，套牢。」沒有意外，二姊再度說出沒人能懂的怪論。

「自由跟套牢不是相互矛盾嗎？」我還是吐槽了。

「錯，我是自由地選擇被自己愛的人套牢啊。」二姊理直氣壯。

我一直認為她很適合擔任邪教傳播的工作，尤其那似是而非的說詞、誘惑人心的外貌、三寸不爛的舌頭，都是她在應徵時的有利條件。就算到現在，本該是令人感動的分離劇本，卻因為她又再度變調。

「曾經，我很討厭媽媽，因為她給我的家不夠好。住在一間小房子裡，附近的環境又超差，成天讓我提心吊膽，而我竟然還要擔負起保護三妹的工作，種種委屈都要怪媽媽時常為了工作不在家。」

我只是靜靜地聽，沒發表任何意見。

「我開始羨慕起自由自在的鳥，能夠隨時飛出那片區域。反之，我也開始認為媽媽是最不自由的人，因為她獨自一人要養大我跟三妹，喪失所有青春，甚至是生命，快樂和自由註定跟她沾不上邊。」

二姊用平淡的語調述說我從沒聽過的故事，我默默點頭。

「可是媽媽在過世之前，卻緊緊握住我的手，明明那隻手是那樣的冰冷和瘦弱，不過手的主人卻告訴我，『能看著我的女兒們長大，是我最快樂和驕傲的事』，這簡直是不可理喻。」

我側過頭看向二姊，發現她的雙眼異常清澈。

二姊繼續說道：「我不懂啊，我認為自由才是快樂，她一輩子被各式各樣的事束縛，怎麼還敢自稱快樂呢？於是在媽媽把我和三妹交給爸爸照顧時，我趁機帶著三妹偷跑，在外面遊蕩，開始了憧憬的自由生活，好快樂……好快樂……好快樂個鬼啊。」

聽到「鬼」字，我不免詫異，她自嘲地笑了笑。

「當全臺北最年輕的遊民，光是保護自己和三妹就已經耗盡我所有心力。要在這座城市內活下去，根本超出我的負荷。我帶著又餓又渴的三妹，愧疚到想念過去不自由的生活，心想只要有人願意養我們，我願意放棄所有自由，還好這世界有李皇玲存在。」

我偷偷慶幸，還好大姊就是大姊，永遠是最堅強的後盾。

「在大姊的羽翼下，我乖乖地上課，安逸個幾年我以為沒事，可是高三畢業，我該死的自由病又犯了，對自由的渴望又回來了。於是我厚著臉皮跟大姊說要去日本讀書，她懂我的癮，一口氣就說好。」

真的很任性啊，二姊，可是我沒想到更任性的還在後面。

「然而……我讀了幾年書，新鮮感漸漸過去，身處異鄉，我又好想你們。有一次，在路邊意外看見展覽的廣告，是大姊的設計作品到日本展出，我立刻排隊買門票。老實說，我進去展場，什麼東西都看不懂，但是光感受到我被大姊給包圍，馬上就聲淚俱下，哭到展方人員過來關心。」

我笑了，同情地大笑。

「我用日語嚷嚷，『這是我姊姊』、『我姊姊是神』、『我姊姊最愛我』、『我要回家啦』，然後被日本人當成神經病趕出去。當時我邊哭邊走，就下定決心要趁暑假搬回家，沒辦法，在日本，我太孤單了。」

「最愛自由的人竟然有思鄉病，好諷刺。」我仍在笑。

「弟迪呀，所以待在愛人身邊，才是最極致的自由啊。」

我一凜，笑容斂起，用恍然大悟的眼神看向二姊。我老是認為她瘋瘋顛顛，卻沒想到她也有她的領悟，足以說服我好幾遍，認為最極致自由論很有道理。

「那就待在我身邊吧。」我說。

二姊先是愣愣地看我，才忽然回過神，用力地搖頭道：「那是你忘記，只要有我在，弟迪就會……」

「就會遇到搶匪嗎？」我聳肩。

「弟迪果然想起來了。」

「二姊，這純粹是運氣不好，不要放在心上。好幾年前，我是小男孩，妳也是小女孩啊，面對惡意的人，妳除了自保，又能夠做什麼？所以，釋懷吧，我不會為這種事怪妳。」

「一次，還能說是運氣不好……但兩次，就是我的問題了。」

「二姊……」

時間很殘酷，飛機要起飛了。我沒機會再勸，接待的空姊已經在用禮貌又親切的嗓音催促乘客，二姊拉起行李箱的握把站起，準備前往登機門。

「雖然暑假還沒結束，但是，弟迪，我們分手吧。」

「二姊，別走！大姊那邊，我會想辦法，就信我一次。」

「不行。」

「在臺灣讀書吧，別折磨自己。」

「不行。」

「為什麼？」

「因為我要讓自己受到教訓啊！」

二姊挽起稍稍凌亂的髮絲。當她眼眶泛紅，向我揮手道別時，我就知道，不管是她或是我都該長大了，要為自己的任性負責。

「二姊，再見。」我苦笑著，卻無法坦然地揮手回應，假裝我不在乎她的離開。還是沒有感人的分別場景，也絕對不會上演十八相送外加依依不捨，我是坐在長椅上目送她走的。

不過二姊似乎想到什麼事要交代，停下腳步，回過頭，朝我高聲道。

「弟迪，記得要好好照顧三妹喔！」

「我知道。」

「要是我回家，你還是處男，就別怪我橫刀奪處。」

「……這裡還有很多旅客欸。」

「好啦，祝你和三妹幸福！」

「……妳知道？」

「弟迪，你是還沒察覺到，三妹已經下了多大的決心。」

難道二姊知道昨天晚上我和三姊發生的事？這下換我坐不住了，站起來，想問清楚。

「妳知道些什麼？」

「弟迪，猜猜看是誰打電話給大姊的呢？」

很怪，二姊的笑很怪、二姊說的話很怪、二姊想要表達的含意也很怪，更怪的是，這一番話她說來格外欣慰，不停地滿意點頭，直到走進一個轉角，消失在我的視線當中。

在幾十分鐘後，像自由的鳥，飛離臺灣。

這個傷很調皮，醫生第二次來判斷我的傷勢，依然不讓我出院回家。

我已經開始懷念那間充滿熊貓的房間和五姊最愛的熊貓吉了。

「不過我想歸想，並不是真的要妳把熊貓吉搬來這啊！五姊！」

「我怕龍龍孤單嘛……」五姊擦擦脖子邊的汗，把超大隻的熊貓吉擺在我的床尾。

「不勞您費心了，過幾天醫生就會讓我出院，目前只是因為一些不知名的小問題罷了。」躺在病床上，我恨不得直接衝去上課。

比起醫院的無趣生活，暑期輔導簡直就是天堂，至少還有雲逸可以陪我打嘴砲。哪像這裡，冷冰冰的，護士、醫生都不跟我說話，把我當死人一樣看待。

五姊坐在病床邊，緊緊握住我的手，開始報告這一天來發生的事，擺明就是要我嫉妒她多采多姿的校園生活。雖然我想叫她閉嘴，不過這段日子以來，聽三姊說五姊總是不笑，也就只有每天放學到醫院照顧我，然後跟我聊天的一小段時間有笑容。

我只好懷著妒恨聆聽，不過要是聽到很有趣的地方，我還是會忍俊不住。

「很多同學都在問你怎麼了，可是我沒說。」五姊幽幽道。

「千萬別說，因為一點小傷就住院，我會被雲逸笑死啊。」我趕緊強調。

「我知道，但是不說……有些狀況真的好難推辭喔。」

「什麼狀況？」

「就是……班上有同學約我出去玩，不過因為我要照顧龍龍的關係，所以都用其他理由推掉了。」

「我們班上？」

「是呀。」

「男生!?」

「男生和女生都有，就是約出去踏踏青，然後吃吃晚餐這樣，而且還有找其他高中的學生喔，很熱鬧呢。」

「……男生和女生的數量該不會一樣吧。」

「好像是喔，因為班長說，女生少兩位，要我跟四姊都參加，不過四姊也不願意。」五姊摸摸我的髮絲，溫柔地笑道：「就等龍龍出院，我再去吧。」

「五姊，那是聯誼欸，妳知道聯誼是什麼意思吧？」

「前幾天，我看了一個電視節目，裡面劇情是講媳婦和大姑之間的家庭紛爭，所以呀，我就想，是我太黏龍龍了，一個姊姊就要有一個姊姊的分際，該是……該是……放手讓弟弟長大了。」說到這，五姊轉過頭去，不敢看我。

「妳不要用八點檔的劇情來警惕自己好不好。」我雙手一攤，不滿地說：「班上的人就是瞎起鬨，尤其是班長很想交男朋友，所以才拖妳們下水，千萬不要上當啊。」

「其實，只不過是踏踏青、吃吃晚餐而已。」

「不是這樣，男人的腦袋裡想的絕對不只這樣，絕大部分都是色色的事。」

「那龍龍呢？」

「我？」

「也會對我想色色的事嗎？」

五姊的反問簡直比反擊拳還要犀利百倍，我被打得頭暈目眩，一時之間完全無法反應。

「一定不會把親姊姊當成女生看待吧……」五姊慘澹地笑了。

「我對五姊一直是……是用最尊敬、最愛戴的方式……看待。」這番話，連我都聽不下去。

「不知道為什麼，我居然高興不起來呢。」

「五姊……」

「我真的真的好羨慕三姊跟二姊，真的，羨慕。」五姊說著說著，臉就皺成一團。

「都要怪爸爸，他到處亂搞，這不是我們的錯。」我似乎能感受到五姊的痛苦，遠遠比肚子上的刀傷痛太多了。

「那龍龍，我可以去參加聯誼嗎？」

關於五姊問我的問題……

身為李香玲的親弟弟，我有什麼資格去阻礙她交朋友或者是交男朋友？五姊都已經十八歲了，和男生有感情關係非常正常，總有一天她會有自己的情人，也會組成家庭，我的侄子會慢慢誕生，一個、兩個、三個……所以我有什麼道理去阻止五姊？

難道將來大姊、二姊、三姊、四姊有男朋友了，我也要跳出來一一說不可以嗎？這講不通嘛，姊姊就是姊姊、弟弟就是弟弟，有各自的未來發展啊，不應該干涉，而應該要互相鼓勵才對。

所以，我開口回答——

「不可以。」

抱歉，我此刻就是說不出「去啊」，這種狗屎般的屁話。

「……龍龍真的很卑鄙。」

「我是啊！不只妳這麼說，啦啦啦啦啦啦。」

「那這次，我就不去了。」

「五姊，是永遠都不准去，而且我也不是針對妳而已。今天換成是大姊、二姊、三姊、四姊，我的答案都是一樣『不准去』，妳們聽不聽我的話是一回事，反正我就是不希望妳們去。」我好無恥。

「龍龍好貪心喔……」五姊終於淡淡地笑了，「以前還說要我多去跟外面的男生認識欸。」

「以前是以前，現在是現在。」我厚著臉皮說：「男朋友能做的事，弟弟都能做啊。」

「真愛吹牛。」五姊愛憐地抱著我，頭靠在我的左肩，關心地說：「那龍龍要早點出院喔。」

「好，一言為定。」

我做出承諾，縱使我還不懂這個承諾背後的意義。

隔了幾天。

醫生再度做出無法出院的判斷。

我快瘋了。

我開始懷疑其中是不是有什麼陰謀，醫生該不會是想騙我的住院費用吧？不對，沒道理啊，醫生的薪水是醫院給的，我住院多久對他而言都沒差才對，還是……

看起來三、四十歲的醫生大叔覬覦我的姊姊吧？是大姊嗎？不過最近她因為工作的關係比較少來醫院，二姊又被趕回日本去，四姊和五姊年紀太輕還是高中生，所以可能性最高的就是二十歲的三姊。

我很煩躁。

今夜，我慎重地要求三姊不要來陪我。

我的刀傷根本就沒事，現在已經連點滴都不用打了。除了身上還穿病人服之外，我根本一丁點都不像病人，整天窩在病房內，簡直和監獄沒有差別。而且護士又超冷漠，不跟我說話，我是被害者卻遭受懲罰。

對，我可以像那天去機場送二姊一樣，無聲無息直接偷跑。不過大姊會很生氣，會非常非常生氣，所以我不敢。

我在病床上躺平，將棉被拉緊，不知道是不是空調又有問題，我感覺到特別寒冷，開始懷念會陪我睡覺的三姊，順道想念一下，自從回日本之後就沒消息的二姊。還好今早四姊跟五姊有來找我，要不然我一定撐不過這又冷又孤獨的夜。

在我閉目準備帶著不爽進入夢鄉，半睡半醒之間……

有人推開房門。

這個時間不是護士來量血壓的時候。

那會是誰？

「……是三姊嗎？我就跟妳說別來了，這裡的醫生很有問題啊。」

「我不是玄玲唷。」

唷？

我剛剛是聽到「唷」嗎？是那個語助詞「唷」嗎？是那個念 Rap 之前都要先唷唷唷唷唷唷唷唷唷唷唷唷唷唷的那個唷嗎？是唷學姊的那個唷嗎？靠北啊啊啊啊啊啊啊！

我拉起棉被，躲在裡面瑟瑟發抖，祈禱她趕快離開，結果聽到有人坐上躺椅的咿聲。

「別害怕唷，我們又不是初次見面了唷。」

「……請妳快走吧，二姊已經不在臺灣。」

「我知道唷。」

「所以……妳是專程來找我的？」

「當然唷。」

「有、有何貴幹？」

「聊聊天唷。」

聊聊天？一個女鬼在深夜的冰冷病房內說要聊聊天？這擺明是恐怖電影中，女鬼奪命之前的開場啊，都嘛裝得人畜無害的模樣，再趁不注意的時候殺人。

而我，竟然只能無助地躲在被窩內，期望一條棉被能夠阻擋超自然現象。

「別怕唷，聊完我就走唷。」

「請……請說吧。」我已經語無倫次了嗎？

「住院這段時間唷……過得好嗎？」

「當然是……是還不錯。」

「我是問，你的姊姊們唷。」

「姊姊們？她們……很好啊，都過著自己的正常生活，大姊在工作、二姊回日本讀書，三姊、四姊、五姊都在聖德高中，是出了什麼問題嗎？」提到姊姊，頓時讓我的膽子大了點。

「嗯唷，那你有趁機會看清楚她們的心意嗎？」唷學姊的語氣輕鬆，真的像是一般閒談。

「心意……這種東西是看得清楚的嗎？」我反問，我也煩惱這個問題啊。

「一般時候當然是很難看清楚的唷，所以要趁現在唷。」唷學姊依然唷個不停，可是我總覺得她意有所指。

「這段時間……她們的確告訴我不少平時不會說的話。」我想起三姊的告白、二姊的道別、五姊的傾訴和四姊的吃醋，「不過，妳怎麼會知道？」

「因為我是鬼唷。」唷學姊好得意，「有什麼感想唷？」

「我有點苦惱……老實說，我不知道該怎麼回應。」等等，我現在是跟鬼感情諮詢嗎？我一定是處在鬼遮眼的狀態，意識已經不清楚，所以聊聊應該沒關係吧。

「是因為小夢唷？」

「不……不是吧。」

「是因為怕旁人的眼光唷？」

「……我不知道。」

「在運動會之夜，元希的設局唷，沒讓你認知到什麼嗎？」

「妳連這也知道!?」

「因為我是鬼唷。」

「當時情況緊急，什麼選擇都不算數的。」我解釋，即便我不知道為何要跟她解釋。

「說得也是唷。」她居然認同地說：「那夜，玄玲不在，當然不算數唷。」

「並不是這個原因吧……」

「你還是很迷惑唷？」

「是、是有一點。」

「對唷，有些事，還是必須靠自己親身去驗證，才會得到答案唷，成天待在醫院內是不可能有進展唷。」她終於說出一句我深感認同的話。

「沒辦法，醫生就說我的傷有問題，遲遲不讓我出院啊！」

「好唷，雖然按規則我是不能干預唷，不過你是亞玲的弟弟，我稍稍出手一下，也還OK唷。」

等等，她現在是又在說什麼鬼話？她是要出什麼手？該不會是要我早點投胎吧？果然剛剛人模人樣都是騙人的吧？

唷學姊終於露出了真面目，一股巨力把我的棉被扯開，而我像是被無形的繩索綁住，不管出多大的力氣，依舊是動彈不得，我的視線和注意力統統聚集在唷學姊手上的……

一把刀。

看著刀高高舉起。

閃過一瞬寒光。

手起，刀落，恰好就刺在我原本的傷口上。

「記得唷，要去看小夢送給你的相簿唷！」

痛覺如電鑽般鑽進我的腦門，立刻讓我的眼、鼻、嘴扭成一塊，滿身都是噴出的冷汗，最後當痛覺蓄積在腦袋內到達極限，有如膨脹到最大的氣球整個炸開。

「痛死我了!!」

我抱著肚子猛地坐起，眼前是一片明亮，讓我的眼皮無法輕易睜開，口和鼻孔有異物感，我瘋狂地撥開，手臂上有一條管子，也被我狠狠扯開。

當我的眼睛終於適應光芒，首先映入我眼簾的是三姊和五姊。

「這是見到鬼了嗎？」我不可思議地環視四周。

一樣的病房、一樣的病床、一樣的三姊和五姊、一樣的我，但我知道一定有什麼不一樣，只是一時之間，我說不出個所以然。

五姊幾乎是用連滾帶爬的方式去按床頭邊的緊急聯絡鈴，接下來的事就很簡單了。醫生帶著護士衝進來，聽診器、血壓機、氧氣罩，還有一堆我叫不出名字的醫療器具統統接在我身上。再來，有更多的醫生進來，他們交頭接耳地說話，最後對我露出「你真狗屎運」的笑容。

醫生問五姊說我的監護人在哪，五姊馬上打電話給大姊，喔不對，是邊哭邊打給大姊。

我還是處於茫然的狀態，直到有一位好心的醫生拍拍我的肩，告訴我這陣子發生什麼事，然後要我不要擔心，只要意識清醒，那就代表腦袋已經恢復正常，再觀察幾天看看，如果沒突發狀況就代表我沒事了，其餘的問題他要找大姊談。

醫生的人馬就從我的病房中撤退，再度恢復到原先的寧靜環境。

我舉起手，要三姊和五姊暫時別跟我說話，因為我必須先整理一下腦袋。

首先，剛剛醫生說，我在二姊跟三姊的舊家中被闖入的小偷捅了一刀，傷口雖深但不致命，只是因為失血過多漸漸喪失意識，直到姊姊起床尿尿發現我，才打電話叫救護車。可是我的身體已經缺血太多，腦袋有缺氧的情況，導致我陷入深度的昏迷……

直到剛剛醒來？

不不不……所以之前的記憶都是夢？不對，這不可能。

「……二姊呢？」我用乾澀的喉嚨發聲。

「回日本了。」三姊的雙眼內盡是黯然。

「大姊把二姊趕回去的吧。」我篤定地說。

「龍龍怎麼知道？」五姊有點吃驚。

「是我從醫院偷跑去送她上飛機的，怎麼可能不知道。」我說，腦袋依然混亂。

「弟弟知道現在是幾月幾號嗎？」三姊認真問。

「暑輔大概上到一半了吧，我記不得正確的日期。」對，我想不起正確的日期。

「還差五天就要開學啦……龍龍到底怎麼了？你一直躺在床上，由我們輪班照顧，怎麼可能跑去送二姊上飛機呢？」五姊一副「弟弟頭殼壞掉」的緊張模樣，又要去按緊急聯絡鈴，但被我阻止。

「是作夢嗎？昏迷清醒前是有可能作夢的。」三姊道。

「不可能，前陣子五姊還跟我說，要去參加班上的聯誼。」我轉頭看向坐在病床旁的五姊，「我還說不准去，對吧？」

她慌張地搖頭，滿臉通紅地說：「是醫生說要我多跟龍龍聊天……所以、所以我才隨便講講而已，龍龍昏迷著，根本沒回應我。」

「所以五妹真的跟弟弟說過去聯誼？」

「……不止，我幾乎什麼都跟龍龍說了。」

「對啊，班上的事我都知道。雲逸是不是踩到班長放在地上的空便當盒，結果摔了一個狗吃屎，有吧，我統統知道。」

「難道弟弟在昏迷時……耳朵還聽得見外在的聲音？」

「不只是聲音，我的視覺、觸覺、嗅覺都很清楚，我根本就沒有昏迷啊！」

「龍龍不可能沒昏迷，你就整天躺在病床上呀，所有姊姊和醫生、護士都能作證，連班上同學都常常來看你。」

「不……我對班上同學沒任何印象。」

「小夢也有喔……」

「確定嗎？我真的不記得了。」

見我和五姊在爭論，三姊一開始只是坐在躺椅默默地聽，眉毛擠在一起，連眼鏡從鼻梁滑落都沒發覺，最後她回過神來，問：「弟弟，住院這段時間，你還記得些什麼呢？」

「最一開始……」我一手按在太陽穴、一手扶在病床護欄，尋思道：「五姊是不是在社區痛哭，讓鄰居以為我死掉，還收了不少白包，拿去買很多營養品，有嗎？」

五姊的頭已經垂到快碰膝蓋，她歉然道：「營養品都在櫃子裡，是要留給龍龍養身子的……而且我被大姊罵一頓之後，已經把奠儀都還回去了，我只是對你抱怨過一次，龍龍幹麼都記得啦……」

「拿刀捅我的小偷是一名少女，對吧？」

三姊推眼鏡，點頭道：「是，在大姊還沒回國之前，我和二姊照顧你的時候談過。」

「再來，是三姊……」我不知道該不該跳過這段，不過事關真相的釐清，只好硬著頭皮說了，「妳、妳曾經幫助我……上廁所。」

三姊一愣，在紅暈蔓延至臉頰之前，她輕咳幾聲，取下眼鏡用衣襬擦拭，正經地說：「那是半夜，我怕你尿管堵塞，所以進行調整而已，完全是基於照顧弟弟的心態。」

「果然，我也懷疑過是不是作夢。」我搔搔頭髮，乾笑道：「三姊果然不可能跟我告白，甚至還全裸爬上我的病床嘛……」

三姊的手部肌肉再再次出現問題，擦拭中的眼鏡筆直墜落於地板，鏡片脫離鏡框掉出來半塊，清脆的哐噹聲，在死寂的病房中格外清晰。

「……三姊？」五姊狐疑地問：「所以那天早上我和四姊來換班，妳那魂不守舍的模樣就是因為……」

「沒有！」三姊整個人從躺椅彈起，彷彿那張躺椅有通電一般，「我什麼都沒做，我確定、我保證，我只是因為空調太冷，附近又沒多的棉被，所以我是擔心弟弟太冷，才和他一起睡的！我是……我是……出自於照顧弟弟的心……對，沒錯，就是這樣！」

「那全裸……？」五姊又問。

「這、這是因為……沒有衣物隔閡，熱比較容易傳遞，難道五妹沒學到熱力學的第零定律嗎？又稱熱平衡定律，第一個公式是……」

「三姊，我又不是笨蛋，不要騙我嘛。」

「我和弟弟真的沒有怎樣，我試了半天，弟弟根本就沒反應。既然沒反應就不可能做啊，軟軟的，就沒有功用。我沒有騙妳，雖然我和弟弟沒血緣關係，就算怎樣了也不會怎樣，但我最後還是沒有成功啊！」三姊振振有詞地訴說自己的清白。

「……」我想挖個洞鑽進去。

「所以，三姊有試過……嗎？」五姊好狠，這刀好狠。

三姊一向以智慧著稱，不過此刻完全當機，內建64核心和128G記憶體的大腦已然停擺，瞳孔失焦、全身脫力，雙手慢慢遮住已經紅到要滴出血的臉蛋，然後蹲在我的床邊，嘴裡喃喃道：「我是一條蚯蚓……我是一條蚯蚓……我是一條蚯蚓……」

真沒想到三姊也染上四姊的自爆習慣，然而這不是重點，重點是我的昏迷到底是怎麼回事？

「二姊被大姊趕回日本，然後我還搭計程車去機場送她，她陪我說了很多話，甚至把她那套『最極致的自由論』清清楚楚告知我，這絕對不可能是我作夢吧？」我問五姊。

「護士姊姊定時都會來檢查龍龍的身體狀況，不可能讓你消失那麼久的。」五姊困惑地說：「倒是二姊要去機場之前，還拖著行李來跟你告別，不過當時我在廁所，所以沒聽見她對你說什麼。」

的確，護士是不可能讓我消失這麼長的時間還不通報，那究竟是怎麼回事？

「太不尋常了，妳們說我昏迷，可是妳們告訴我的話，我卻記得一清二楚。」我抱頭，想模仿八點檔戲劇中喪失記憶的痛苦模樣，即便我的頭一點都不痛。

「三姊，妳最聰明了，快點想想呀。」五姊走過去抱起三姊，將她拖上躺椅坐好。

但三姊依舊呈現當機狀態，從她的角度去想，難得想說說心底的話，原本以為神不知、鬼不覺，卻沒想到烙印在我的腦海裡……等等，對我說出心底的話？

「三姊、三姊……」五姊搖動自己姊姊，關心地呼喚，「快點醒醒，現在不是壞掉的時候了。」

「……別管我，我只是……我只是一條蚯蚓……或者妳要叫我壞掉的電腦也可以……別管我了……」三姊口齒不清地說。

「妳再不清醒，我只好幫妳重開機了喔。」五姊難得凝重。

「別管我……別管我……我壞掉了……」三姊依舊。

五姊挽起袖子，伸出可愛的食指，用迅雷不及掩耳的速度，直戳三姊的乳尖，非常準確，就連外衣和內衣都無法阻擋。

「嗶。」五姊模擬電腦的開機聲，我能夠用人頭保證這一定是二姊教的爛招。

三姊的……咳咳，看起來非常敏感，只見她「嚶」了一聲，雙手護在胸前，萬分警惕地看向五姊。沒想到還真的恢復神智了，真是不可思議。

「三姊，妳有聽到龍龍剛剛說的嗎？」五姊沒收回食指，似乎打算隨時可以重開機。

「這很有可能是大腦逐漸甦醒的狀態，所以聽覺、觸覺、味覺、嗅覺已經慢慢恢復，開始傳達訊息給弟弟的大腦，而大腦還不到正常的階段，所以化為半真半假的夢……」三姊縮胸駝背，深怕再被戳。

「似乎有點道理……」我點點頭，所以這是所謂的「真實夢境」嗎？

「弟弟只會接收到姊姊們放出的訊息，這也就是為何醫生都會建議患者家屬要多對昏迷病患說話的原因，就算人沒醒，但大腦還是有部分在運作。」真不愧是書讀很多的三姊。

這也能解釋為何夢中只出現和姊姊們的互動，而醫生和護士都不跟我說話的原因。

不過……唷學姊該怎麼解釋？

尾聲

對於李狂龍昏迷一個多月後奇蹟醒來卻還有記憶這件事，你有什麼看法？

負責這則怪病例的中年醫生表示：「人的大腦本來就很神祕，何況年輕人修復能力本來就很好，他在昏迷中依然在接收外在的訊息，這一點都不奇怪。」

半夜會把弟弟叫醒，確認他不會再度昏迷的李香玲表示：「只要龍龍醒來就好，其他我都不在乎。」

一直不願意承認曾經因為好奇而玩弄弟弟肉體的李玄玲表示：「我……我只是……一時鬼迷心竅，下次、下次……我會先問過弟弟的意願。」

崇拜殤神．淚天，並且認為自己是赤眼真后的李金玲表示：「這一切都是殤神的無邊血力加持，才讓糞金龜弟弟的靈魂重新回到肉體，遇到唷學姊就是最好的證明！」

遠在日本最後一個收到消息的李亞玲表示：「如果我現在去性騷擾電車上的國中生，是不是會被開除學籍然後被遣返回臺灣？」

趕到醫院讓所有妹妹們先出去病房、想跟弟弟獨處的李皇玲表示：「……」

大姊沒任何表示，她只是抱住坐在病床上的我，然後一直哭、一直哭，像個小女孩哭得一把鼻涕一把眼淚。我這輩子從沒見過大姊如此失態，嚇得我不敢亂動，直到頭頂被眼淚、鼻涕、口水淹沒，大姊才慢慢放開我。

「不准……不准讓妹妹們知道……我哭成這樣，聽到沒有!?」大姊把我的枕頭當毛巾使用，使勁地在臉上抹了幾下，上班用的淡妝都花了。

「喔喔。」我乖乖答應以免被打頭強制消除記憶，但是「喔」到一半便想起二姊，「那天妳在我的病房趕二姊回日本……這樣是不對的……」

大姊不發一語。

「讓二姊回家吧。」我坦白說，也不管會不會被罵了。

「笨蛋。」大姊舉起拳頭作勢要尻我的頭，可是懸在半空，又不捨地收回去，「你真的以為亞玲那麼乖嗎？等到下個連假，她還不是嘻嘻笑笑地回家。」

「所以……」我似乎聽出什麼蹊蹺。

「沒有所以。」大姊轉過頭去，沒讓我看她的表情。

過沒幾天，我就健健康康地出院了。不過一直有個問題如同便祕一般困擾著我，遲遲無法排出體外，無時無刻都在想。

宇宙主宰讓我被捅、讓我昏迷、又讓我醒來，在這過程中是不是有什麼啟示？是不是想透過一連串機率低到不行的事件讓我明白什麼？

回到久違的家，我做的第一個動作並不是趴在自己的床上打滾，而是找出小夢曾經送給我的相簿。

她曾經告訴我「如果連自己喜歡誰，你都沒有答案，那李狂龍，我確實看錯你了，原來你是個爛人」，要是我不想變成她口中的爛人，我就必須自己去找出答案。

用感謝的心情和拆彈專家的謹慎，我小心翼翼地打開袋子，裡頭有一本厚厚的相簿，其中是小夢在宜蘭拍的旅遊照片。

相簿外框非常精緻，看起來就不便宜，雕工非常精細，我輕易能感受到她的用心。光是打開而已，就已經比打開線上遊戲中必掉寶物的華麗寶箱更讓我興奮。

很怕一下子就看完了，我翻得好慢好慢，每一張照片都好美。說到這，我就覺得很對不起小夢，因為我用詞的貧瘠，導致找不出更好的辭彙來形容，再加上我是攝影外行，只覺得好美，也說不出個所以然來。

然而，透過一張又一張的平面照片，我彷彿又再度回到當天，重新體驗一次難得的旅行。

唯一可惜的地方，大概就是因為小夢掌鏡的關係，所以裡頭都是我和姊姊們的畫面，沒有任何關於她的身影。

即便翻得再慢，也總是有翻到最後一頁的時刻……

頁末，有一行小夢親筆寫的字，彷彿數十張的照片都是為最後這句話鋪成——

我喜歡你，但是討厭利用我來否認真實想法的你。

「真實想法？」我皺起眉，困惑地自言自語，「怎麼會突然冒出這句話？而且這句話和相片有什麼關係？」

重複再翻閱一次，我很確定相簿沒任何夾層，相片也都是我和姊姊們在宜蘭玩的畫面，小夢就只給我這些東西，那她怎麼會得出最後的結論？

我不懂，不管我對著相簿發呆多久都想不透。短短二十字彷彿什麼世紀難題，可怕的是明明字我都認得，但組合在一起，我就完全看不懂了。

從口袋拿出手機，裡頭塞滿一堆簡訊和訊息，大多是朋友和同學祝我早日康復。還沒時間一一回覆答謝，我先拍了幾張相簿內的相片，然後傳給自稱比我聰明百倍的雲逸看看。

我刻意挑幾張平凡的相片，第一張是我和三姊在賞鯨船、第二張是我跟四姊在路邊買當地特產、第三張是我與五姊在池畔邊說話，希望雲逸能看出什麼端倪。

過沒多久，雲逸就回覆了。

『剛出院，傳這些照片幹麼？』

『你有什麼感想？』我回。

『……我不敢說，要不然我傳給紫霓看看。』

『隨意。』

過不了多久，雲逸的辦事效率很快，立刻就貼給我一大串訊息，訊息是來自紫霞及她朋友的看法，內容真的出乎我意料之外。

『爛人，這是同時跟三個女生交往嗎？』

『我最討厭劈腿的男人！』

『受不了了，我會想到背叛我偷吃的前男友……』

『為什麼這種平凡的男生可以配這些正妹？』

『這世界真不公平！』

『後宮？太過分了。』

最後是紫霞刻意要讓我看見的話。

『不要教壞我們家雲逸好不好？別逼我轉學到聖德喔！』

「呵呵……」我笑了，同時，也頓悟了。

我把手機關機，終於懂小夢那段話的意思，原來我和姊姊們的互動跟一般的情侶沒差多少，早就超過一般姊弟遵守的那條界線。

不管我怎麼掩飾，都不能逃避喜歡姊姊的事實；不管我如何欺騙自己，都無法否認我是個有戀姊情結的弟弟……

或者說我是個姊控變態。

我雖然常常被罵變態，但沒有放在心上過。沒想到此刻反覆思索過去的種種行徑，急切想交女朋友、不惜變身為告白狂魔，都只是為了轉移對姊姊的愛慕。是潛意識告訴我要這樣做，才能夠成為一個正常人。

可是當潛意識要引導我成為正常人之時，豈不是也證明我不正常，是個貨真價實的變態嗎？

豁然開朗，我無力地合上相簿，卻吃吃地笑了起來。原來重新認識自己是如此喜悅的事，終於不必再躲躲藏藏，知道李狂龍真正的想法。

還有，我要感謝捅我一刀的少女。

再來也要感謝宇宙主宰，令我進入身體休眠但大腦仍在運作的怪異狀態，使我經歷一段六分真實、四分虛假的詭譎夢境，看著姊姊們再無掩飾的模樣。

甚至就如四姊所說，要感謝殤神，淚天讓我靈魂出竅亦可，反正我能藉此聽見姊姊們的心底話，進而讓我知道一個關鍵……

在李家，變態的絕不止李狂龍一人啊！

內心深處，有一道無形的門，開了——

國家圖書館出版品預行編目資料

有五個姊姊的我就註定要單身了啊05 / 啞鳴 作.
一初版. 一臺北市：尖端出版, 2015.2
冊；公分
ISBN 978-957-10-5877-1(平裝)

857.7　　　　　　103009635

浮文字

有五個姊姊的我就註定要單身了啊05

著者／啞鳴
發行人／黃鎮隆
總編輯／洪琇菁
執行編輯／陳善清
企劃宣傳／邱小祐、劉宜蓉、喬齊安
封面插畫／迷子燒
協理／陳君平
國際版權／林孟璇、劉惠卿、王薇
美術編輯／李政儀
內文排版／謝青秀

出版／城邦文化事業股份有限公司 尖端出版
台北市中山區民生東路二段一四一號十樓
電話：(〇二)二五〇〇七六〇〇
傳真：(〇二)二五〇〇二六八三
E-mail：7novels@mail2.spp.com.tw

發行／英屬蓋曼群島商家庭傳媒股份有限公司城邦分公司 尖端出版
台北市中山區民生東路二段一四一號十樓
電話：（〇二）二五〇〇—七六〇〇（代表號）
傳真：（〇二）二五〇〇—一九七九

北部經銷／祥友圖書有限公司
電話：（〇二）八五一二—三八五一
傳真：（〇二）八五一二—四二五五

中部經銷／高見文化行銷股份有限公司
電話：〇八〇〇—〇五五—三六五
傳真：（〇二）二六六八—六二二〇

雲嘉經銷／智豐圖書股份有限公司　嘉義公司
電話：（〇五）二三三—三八五二
傳真：（〇五）二三三—三八六三

南部經銷／智豐圖書股份有限公司　高雄公司
電話：（〇七）三七三—〇〇七九
傳真：（〇七）三七三—〇〇八七

一代匯集／香港九龍旺角塘尾道六十四號龍駒企業大廈十樓B&D室
電話：（八五二）二七八三—八一〇二
傳真：（八五二）二七八二—一五二九

新馬經銷／城邦（馬新）出版集團Cite (M) Sdn. Bhd.
E-mail：cite@cite.com.my
大眾書局（新加坡）POPULAR（Singapore）
E-mail：feedback@popularworld.com
大眾書局（馬來西亞）POPULAR（Malaysia）
E-mail：popularmalaysia@popularworld.com

法律顧問／通律機構
台北市重慶南路二段五十九號十一樓

二〇一五年二月一版一刷

郵購注意事項：
1. 填妥劃撥單資料：帳號：50003021戶名：英屬蓋曼群島商家庭傳媒(股)公司城邦分公司。2. 通信欄內註明訂購書名與冊數。3. 劃撥金額低於500元，請加附掛號郵資50元。如劃撥日起 10～14日，仍未收到書時，請洽劃撥組。劃撥專線TEL：(03) 312-4212 ・ FAX：(03) 322-4621。E-mail：marketing@spp.com.tw